KB102197

이포두

노주일 신무협 판타지 소설

FANTASTIC ORIENTAL HEROES

이포두 6

노주일 新무협 판타지 소설

초판 1쇄 찍은 날 § 2014년 2월 4일
초판 1쇄 펴낸 날 § 2014년 2월 11일

지은이 § 노주일
펴낸이 § 서경석

편집부장 § 권태완
편집책임 § 박은정

펴낸곳 § 도서출판 청어람
등록번호 § 제1081-1-89호
등록일자 § 1999. 5. 31
어람번호 § 제2-2460호

주소 § 경기도 부천시 원미구 심곡2동 163-2 서경B/D 3F (우) 420-822
전화 § 032-656-4452 팩스 § 032-656-4453
http://www.chungeoram.com
E-mail § chungeorambook@daum.net

ⓒ 노주일, 2013

ISBN 978-89-251-3701-8 04810
ISBN 978-89-251-3314-0 (세트)

이포두

6

노중일 新구협 판타지 소설

FANTASTIC ORIENTAL HEROES

도서출판 청어람

이포두

目次

第一章

바뀌는 것은 아무것도 없다고?

그건 모르는 소리다.

시도조차 하지 않고 바뀌는 것이 없다면 내가 전쟁터에서 살아 돌아오지도 못했겠지.

더군다나 운씨 자매에 대한 문제는 분명히 예린 소저도 한 번쯤 생각해 봤을 것이다.

이제껏 현청에서 생활하면서 단 한 번도 운씨 자매에게 동정심이 일지 않았다면 애초에 내 이야기를 들어보지도 않고 그냥 나갔겠지.

나는 예린 소저의 얼굴에 변화가 일어나는지 조심스레 지켜보며 천천히 이야기를 시작하였다.

"운씨 자매가 어찌해서 관기가 되었는지 아십니까?"

"대충 이야기는 들어서 알고 있습니다."

묵묵하게 대답하는 예린 소저의 어투에 뼈가 있다.

역시 예린 소저도 알아봤다는 소리군.

나는 멋쩍게 웃으면서 연이어 말을 이었다.

"하하, 역시 예린 소저입니다. 아무리 관기라고는 하지만 요즘 시대가 어느 때인데 사람을 그 지경으로 다루는지. 쯧쯧."

집안에서 부리는 노비도 운씨 자매의 신세보다는 나을 것이다.

단지 그런 부모 밑에서 태어난 것이 무슨 죄란 말인가.

혀를 차면서 동정심에 안타까워 말을 하자, 예린 소저는 좀 전과는 판이한 목소리로 대답하였다.

"자칫 대역 죄인을 감싸주다 들키기라도 하면 문제가 생길 수 있습니다."

차분하고 냉정하게 대답하는 예린 소저의 말을 듣고 나는 고개를 끄덕거리며 말했다.

"그럴 수도 있지요. 하지만 운씨 자매가 죄를 지은 것은 아니지 않습니까? 그렇지요? 예린 소저도 그렇게 생각하시지요?"

"……."

예린 소저는 그저 지그시 눈을 감았다.

무언은 곧 긍정이다.

나는 찻물로 잠시 입을 축이고는 말을 계속 이어나갔다.

"후우, 죄도 없는 저런 아이들이 이 추위 속에서 배곯아가
면서 일하는 것이 얼마나 딱합니까. 후우."

오로지 동정심, 동정심.

지금 중요한 것은 운씨 자매를 노비 신분에서 방면하는 일
이 아닌, 운씨 자매의 처지에 대한 것이다.

자칫 방면 어쩌고저쩌고 이야기했다가는 일이 커지기 십
상이다.

게다가 만약 일이 커진다면 오줌도 그 방향으로 싸기 싫은
황도로 다시 가야 할 판이지 않은가.

어후, 끔찍해라.

아무튼 애처로운 동정심 어린 나의 말에 예린 소저도 한숨
을 내쉬며 말했다.

"하아, 그래서 말씀하고자 하시는 것이 무엇이죠?"

됐다. 이 말까지 나오면 거의 나와 같은 마음이라고 보면
될 것이다.

그런데 문제는 해결 방도가 여의치가 않다는 것인데, 후
우…….

나는 일단 예린 소저에게 물었다.

"예린 소저가 방향을 제시해 주셨으면 하는데……."

"대역 죄인에 대한 처우 개선의 문제는 현령님의 판단이지만, 처우 개선이라고 해봤자 겨우 일 년에 이틀 정도의 시간을 빼주는 것밖에는 없더군요. 그 외에는 오로지 종이품계의 관리만이 운씨 자매에 대한 생사여탈권을 쥐고 있다고 알고 있어요."

나의 말을 가로막으면서 예린 소저가 거침없이 말을 쏟아내었다.

혹시나 했더니 역시나이다.

아마도 저번에 운씨 자매가 황도를 다녀온 것도 예린 소저가 마음을 써준 것일 것이다.

그나저나 생사여탈권을 쥐고 있는 사람이 종이품이라.

이거 문제가 나날이 복잡해지는 건 기분 탓인가?

종이품이라고 하면 승상의 지위에 해당하는 품계이다.

현재 좌승상의 자리는 고무만이 대장군 직을 겸하면서 있던 자리로 익히 알려져 있는 바.

한데 같은 이품계인 우승상 황충모가 자신이 고변한 운씨 자매에 대해 처우를 개선해 줄 일은 절대로 없다. 차라리 죽여서 입막음을 했으면 했지.

현재 고무만의 죽음으로 권력의 단맛을 보고 있는 사람이 아닌가.

으음, 절로 욕이 나오는군.

내가 아무 말도 없이 생각에 잠겨 있자, 예린 소저는 찻물을 마시면서 담담한 목소리로 말했다.

"저도 다방면으로 생각해 보았지만 결국 답은 나오지 않았어요."

최선이 항상 최고의 선택이 될 수가 없듯이 나는 깊은 숨을 들이쉬면서 말하였다.

"후우우우, 그렇다면 지금 운씨 자매에게 지금보다 조금이라도 더 나은 상황은 만들지 못하는 겁니까?"

"…만약 저나 현령님이 나선다면 상황은 좋아지겠지요. 그러나 주변의 눈이 있어서요."

자신감이 잃어가는 예린 소저의 말에 괜히 양심의 가책을 받았다.

그녀도 솔직히 무엇이든지 해주려고 노력했을 것이다.

하지만 만약 예린 소저나 현령이 운씨 자매를 돌봐준다고 소문이 돌아보아라.

그 뒤는 안 봐도 뻔하다.

높은 자리에 있을수록 적은 많은 법.

나는 손사래를 치면서 예린 소저에게 위로의 말을 건넸다.

"아우, 그냥 해본 말입니다. 너무 깊이 듣지는 마십시오."

"포두님이 하시는 말씀이 무엇인지는 잘 알고 있어요. 하지만 저도 아무런 생각 없이 그녀들을 지켜보기만 한 것은 아니란 것만은 알아주세요……."

말끝을 흐리는 예린 소저의 말에 난 더욱더 양심에 큰 가책을 받았다.

내가 죽일 놈이지.

나는 두 손을 모아 합장을 해보이면서 고개를 푹 숙이며 말했다.

꾸벅.

"죄송합니다. 괜히 심려만 끼쳐 드리는 것 같아서."

"아니에요……."

여전히 힘이 없네. 하우.

이런 상황에서 적절한 대응은 누가 알려주지도 않았다. 또한 지침도 없었다.

그러나 포기해서는 절대 안 된다.

나는 일단 지금의 상황을 잠시 접고 더 좋은 묘안이 있을 때까지 닫아두기로 마음먹었다.

급하게 해결한다고 해서 해결될 문제도 아니었고, 또한 매일 한 통씩 연통을 보내기로 했으니 조만간 다른 방법이 나올 것이다.

"……."

"……."

달그락달그락.

얼마간의 정적이 이어지면서 애꿎은 찻잔만 만지작거리는 어색한 상황이 계속되었다.

남녀 간의 대화 주제가 이런 식이면 매우 이상할 거라고 짐작은 했지만 이거 막상 겪어보니 더 심란하군.

그렇게 우리 둘은 아무런 말도 없이 얼굴을 마주 보고 주구장창 찻물로 배를 채우고 있었다.

그때, 예린 소저가 갑자기 무언가 생각난 듯이, 그리고 이 상황을 조금이라도 타개하기 위함인지 나에게 눈을 반짝이며 물어오는 것이 아닌가.

"아! 그리고 보니 포두님과 제가 단둘이 한 번도 식사한 적이 없네요?"

예린 소저의 말과 행동에서 어떻게든 주제를 환기시키려 하는 것이 보였다.

나는 암울한 주제에서 전환도 시킬 겸 얼른 맞장구를 쳐주었다.

"하! 정말 그렇습니다!"

틀린 말도 아니었다.

제일 처음 만났을 때는 이렇게 차만 마셨고, 두 번째 만났을 때는 중상 형님이 있는 자리에서 식사를 하였으니 단둘은 아니지.

나의 감탄사에 예린 소저는 살짝 손뼉을 치면서 맑은 얼굴로 나에게 말했다.

"그렇다면 오늘 한턱내시는 게 어때요? 후훗."

이런 미인이 밥 사달라고 말한다면 거절할 사람이 얼마나 있겠는가.

난 당연하다는 소리를 한다는 듯 가슴을 탕탕 치면서 말했다.

"뭐든지 말만 하십시오!"

"헤에, 정말이요?"

"그렇습니다. 제가 오늘 거하게 한턱 쏘겠습니다!"

"고마워요. 헤헤."

쑥스러운 듯 몸을 꼬면서 말하는 예린 소저의 교태에 내 심장이 녹아 없어지는 것 같았다.

어억, 저런 모습을 매일 볼 수만 있다면 하늘의 별도 따다 줄 텐데.

나는 말 나온 김에 상원이를 불러 식사를 주문하려 하였다.

그러자 어디서 튀어나왔는지 상원이 녀석이 불쑥 솟아오르더니 예린 소저의 곁에 바짝 붙어서 느끼한 목소리로 말하는 것이 아닌가!

타탁!

척!

"아까는 죄송했습니다. 그대 같은 아름다운 소저가 저런 파렴치한의 옆에 붙어 있는 것이 너무나도 가여워 못 볼꼴을 보여드렸군요."

이놈이 어디서 튀어나왔지?

설마하니 근처에서 듣고 있었던 거냐?

에이, 아무리 그래도 현재 내가 내공을 갈무리한 상황이라고는 하지만 상원이를 감지 못할 리는 없지.

더군다나 이렇게 가깝게 접근하는 것도 느끼지 못할 리는 더더욱 없고 말이야.

그렇다면 이놈은 어디서 튀어나온 거지?

상원이 녀석이 어디서 나타났는지에 대한 의문으로 내 머릿속이 혼란스러울 무렵,

녀석은 자신의 매력을 예린 소저에게 한껏 자랑하면서 머리에 물까지 살짝 적신 채로 듣고만 있어도 닭살 돋는 말을 연신 예린 소저에게 건네는 것이 아닌가?

더군다나 내가 옆에 있는데도 말이다.

나는 녀석에게 껄끄러운 목소리로 넌지시 말을 건넸다.

"너 그러다가 고뿔 걸린다."

지금 날씨가 얼마나 추운데 저런 얇은 옷에 물까지 적시고 나타났단 말인가.

필히 저놈은 미친놈이다.

그런데 녀석은 나의 걱정 어린 말에도 아랑곳하지 않고 예린 소저의 가녀린 손을 자연스레 감싸 쥐고는 자신의 입술을 살짝 대었다.

순간 그 모습을 보고 찻잔을 잡아 던질 뻔하였지만 예린 소저 때문에 잠자코 있었다.

그러자 녀석은 나를 살짝 흘겨보고는 만면에 웃음을 띠면서 자연스럽게 다음 행동으로 넘어가는 것이 아닌가.

쪽.

살짝 댄 입술로 예린 소저의 손등에 짧은 입맞춤을 선사하는 상원이다.

그리고 물 흐르듯이 이어지는 작업.

내 친우라는 놈은 게슴츠레한 눈빛으로 예린 소저에게 느끼한 목소리로 말했다.

"소저는 알아요?"

"무, 무엇을요?"

"소저가 얼마나 아름다운지요."

"……"

"소저의 눈에 호수가 아련한데, 제 마음은 이미 소저의 눈에 걸려 있군요."

"아, 저기……."

예린 소저는 어안이 벙벙한 표정이 돼서는 상원이 녀석을 망연히 쳐다만 보고 있다.

더 있다가는 저놈의 마수에 예린 소저가 놀아나겠군.

나는 녀석이 계속 나불대는 그 현장을 덮치기로 하였다.

"음음, 아무 말도 하지 마세요. 지금 소저의 입에서 나올 말은 오로지 제 이름 석 자 말고는… 컥!"

빠악!

상원이 녀석의 뒤통수를 시원하게 후려쳐 버렸다.

"이놈이 보자 보자 하니까 추운 날 물까지 뒤집어쓰고 무슨 미친 짓이야?"

상원이 놈은 뒤통수를 잡고 날 죽일 듯한 눈빛으로 쳐다보며 말했다.

"야, 지금 이 형이 중요한 작업 중인 거 안 보여?"

그 작업을 왜 내 앞에서, 그리고 그 작업 대상이 왜 예린 소저인데?

나는 상원이 놈의 뒤통수를 한 번 더 시원하게 때려주며 말했다.

빠악!

"시끄럽고, 주문이나 받아!"

손에 묵직한 타격감이 왔지만, 그래도 상원이 녀석은 나를 쳐다보며 바락바락 대들었다.

"돈도 없는 놈이! 어디서 주문을 해!"

그 말에 난 당연하다는 듯 말했다.

"외상이다!"

그러자 상원이 놈이 울컥하며 내 멱살을 쥐어 잡으면서 말했다.

"자랑이다! 친구 집에 와서 빈대 붙는 게 자랑이야, 아주!"

훗, 녀석, 무엇을 모르는군.

난 녀석의 말을 바로잡아 주기 위해 가슴을 펴고 외쳤다.

"빈대 붙는 거 아니야!"

"그럼 뭔데?"

"먹고 튀는 거다!"

"…뭐, 이런……!"

너무나도 당당한 나의 말에 상원이 녀석이 어이가 없다는 표정을 지었다.

그리고 이어지는 예린 소저의 키득대는 웃음소리.

"크크크, 흐읍, 푸훗."

뭐, 웃으면 됐지.

난 상원이 녀석을 쳐다보며 담담하게 미소 지어주었다.

상원이 녀석은 그런 나의 모습을 보면서 힘없이 멱살을 놔 주었다.

스륵.

이것도 친구니까 이럴 수 있는 거지 친구가 아니라면 어림 없는 일이다.

상원이 녀석이 혀를 차며 나에게 물었다.

"쯧. 뭐 먹을래?"

"맛있는 걸로 가져다 줘."

"헤유! 알았다, 알았어."

나의 말에 상원이는 한숨 섞인 말로 대답하고는 털레털레 주방으로 내려가기 시작하였다.

힘없이 돌아서는 친우의 뒷모습을 보고 그냥 보낼 수 없는 법.

나는 덕담 한마디를 붙였다.

"복 받을 거야, 친구야."

그러자 녀석은 나를 보고 활짝 웃으며 말했다.

"꺼져."

녀석, 수줍어하기는.

나는 상원이 녀석을 뒤로하고 예린 소저를 쳐다보고 웃으며 자리를 잡았다.

예린 소저는 나와 같이 환하게 웃으면서 물었다.

"친우 분은 괜찮으신 거예요? 후후."

"뭐, 괜찮겠죠."

그리고 보니 저놈이 내 음식에 무슨 짓을 할지 무섭군.

나의 담담한 반응에 예린 소저는 자신의 모습을 가다듬으면서 말하였다.

"후후, 정말 둘도 없는 사이 같네요."

"하하, 그렇게 보였습니까?"

그렇게 보였겠지.

남 같았으면 이미 주먹다짐하고 욕이 나왔을 상황이니까.

내 말에 예린 소저는 고개를 끄덕거리면서 손으로 연신 얼굴에 부채질을 하며 말했다.

"당연하지요. 후훗."

나는 그 모습을 보고 싱긋 웃으며 넌지시 말을 건넸다.

"날이 추운데 여기만 더운 것 같습니다."

"아, 죄송해요. 후후. 친우 분과 너무 재미있으셔서."

"괜찮습니다. 예린 소저가 웃었으니 되었습니다. 하하!"

예린 소저는 아까의 분위기보다 한결 부드러워진 말투로 말을 이어나갔다.

"후우우, 정말 포두님 친우 분들을 만나보고 싶네요."

"어우, 끔직한 소리 하지 마십시오."

"예? 왜요?"

"그놈들이랑 있다가는 예린 소저도 술독에 빠져서 헤어나지 못하실 겁니다."

내 친우 놈들이 하나같이 웬만한 주당이어야지. 물론 그중에 제일은 나지만.

그리고 나의 과거사를 알고 있는 놈들에게 예린 소저와 같이 있는 모습을 보이겠는가!

그것은 스스로 무덤을 파는 행동이다.

절대로 그럴 수는 없었다.

나의 너스레에 예린 소저는 고개를 끄덕이며 알았다는 표정을 지어 보였다.

"헤헤, 알겠어요. 그것은 나중에 다시 기회를 잡지요."

없을 겁니다, 그 기회.

나는 입맛을 다시고는 고개를 돌려 밖을 쳐다보며 퉁명스럽게 말했다.

"쩌업. 뭐, 알겠습니다."

"무슨 대답이 그래요? 후훗."

스윽.

예린 소저는 나를 따라 고개를 돌려 창밖을 내다보며 짧게 한숨을 쉬면서 중얼거렸다.

물론 바로 옆에 있는데 못 듣겠는가?

"하아, 눈이 계속 오네요."

"……"

나는 아무런 말도 하지 않고 예린 소저와 창밖을 쳐다보는 바로 이 순간을 즐기기로 하였다.

때로는 백 마디 말보다도 한 번의 침묵이 더 많은 무언가를 가져오기도 하니까 말이다.

그렇게 나와 예린 소저의 시선은 밖을 향해 고정되어 버렸다.

밖에는 많은 눈은 아니지만 소복소복 눈이 내리고 있었고, 그 풍경에 왠지 야릇한(?) 분위기가 조성되는 듯한 느낌이 들었다.

나는 슬며시 시선을 돌려 예린 소저를 힐끔 쳐다보았다.

예린 소저는 나의 시선을 느끼지 못하였는지 하염없이 내리는 눈을 그저 조용히 망연한 시선으로 바라보고 있을 뿐이다.

그럼 그렇지, 내 주제에 야릇한 분위기는 무슨.

하아, 같은 장소에서 같은 곳을 바라본다.

이것만으로 오늘 하루는 충분히 보람차다고 할 수 있겠군.

이 생각을 끝으로 내 입가에 슬며시 미소가 떠오르면서 예린 소저와의 객잔에서의 대화는 막을 내리고 있었다.

—무림맹, 남궁세가

남궁묵철은 자신의 성과물을 조용히 내려다보고 있었다.

이때껏 자신이 무림맹에 쏟아부은 노력에 비해서는 턱없이 부족하다 느끼지만 지금은 이것으로 충분했다.

남궁묵철은 책상 위에 올려둔 두툼한 책자를 한 손으로 움켜쥐면서 묵직한 소리로 말하였다.

"이제부터는 바빠지겠구나."

느긋한 소리로 들릴지 모르지만 남궁묵철의 어투에는 진중함이 실려 있었다.

그리고 그 진중함은 같은 자리에 앉아 있는 한 남자의 심경에 조용한 파문을 일으켰다.

남궁묵철과 같이 있는 이 사내, 남궁가의 표식을 가슴 한편에 새긴 그는 남궁가의 사람처럼 보였다.

생김새는 오랜 세월 서책과 함께 보낸 듯 전형적인 문사의 모습을 하고 있었지만 그의 풍채는 결코 가만히 앉아서 서책만 들여다보았을 몸이 아니었다.

그는 입을 떼어 남궁묵철의 말에 약간 떨리는 음성으로 대답하였다.

"어련하시겠습니까. 무림맹의 인사권 삼분지 일을 얻어온 것만 해도 지금보다 몇 배는 바빠질 것입니다."

조금이지만 흥분한 기색이 역력한 남자의 말에 남궁묵철은 아까의 진중한 모습을 걷어내고는 허심탄회하게 웃으면서 물었다.

"허허, 기쁜가 보구나?"

"말이라고 하십니까."

사내 이름은 남궁호.

세간에 잘 알려지진 않았지만 남궁가의 모든 대소사를 처리하는 가주의 오른팔이다.

어릴 때는 무공보다 서책을 좋아하여 별종이라고 여기던 그다.

하지만 전쟁에 참여한 이후로 사람 자체가 바뀌었고, 무공 수준 또한 일취월장하였다.

그러나 남궁호는 그런 실력을 가지고도 자신의 이름을 알리기보다는 가문에서 서책을 읽거나 이렇게 남궁묵철의 충실한 책사로서의 삶을 택했다.

자신의 명예보다는 가문을 생각한 남궁호의 결정에 남궁묵철은 그에 대한 믿음으로 남궁가의 대소사를 모두 남궁호와 조율하여 정했다.

세간의 소문에는 후계자를 남궁호로 정한 게 아니냐는 말까지 돌 정도로 그에 대한 신임이 두터웠다.

무릇 후계 구도에 대한 소문이 와전되었을 수도 있지만, 그러한 소문에도 남궁묵철은 흔들리지 않고 그를 곁에 두고 계속 중용하였다.

남궁묵철은 기쁨을 억누른 남궁호의 말에 다시금 웃어 보이며 말을 이었다.

"허허, 그렇다면 이제부터 어찌하면 좋겠느냐?"

남궁묵철의 말에 남궁호는 일말의 의심도 없이 마치 이미 준비했다는 듯이 말을 술술 이어나갔다.

"일단 화산파의 심기를 건들지 않는 쪽으로 서서히 외곽 부서부터 장악해야 합니다. 만약 섣불리 맹 중앙의 인사를 등용한다면 잡음이 심해지겠지요. 그리고 창룡대의 인사권에도 압력을 행사하시는 것이 좋겠습니다."

하나같이 맞는 말이다.

그리고 지금 당장 시행해도 무리가 없는 거래이기도 하였다.

그러나 남궁호의 마지막 말이 걸리는 남궁묵철이다.

"창룡대를?"

창룡대는 누가 뭐라고 해도 무림맹에서 알력을 행사하는 문파들의 격전지 같은 곳이다.

비록 화산파의 힘이 출중하다고는 하나 소림을 제외한 다른 문파들의 세력도 무시해서는 안 될 수준이다.

그곳에 섣불리 숟가락을 얹는다면 반발이 심할 것이다.

남궁묵철의 물음에 대한 뜻을 아는지 남궁호는 거침없이 대답을 이어나갔다.

"물론 저희 쪽 인사를 투입시킨다면 다른 문파들도 화산파

뒤에 숨어 저희를 견제할 것입니다. 쓸데없는 적은 만들지 않은 것이 좋겠지요."

"음, 그러겠지. 그러면 어떤 식으로 압력을 행사한다는 말이더냐?"

"지금 창룡대의 실질적인 대주는 검황의 직전제자인 장영호입니다. 이것을 바꿔 놓자는 겁니다."

"호오, 역시."

남궁호의 말에 감탄사를 내뱉는 남궁묵철이다.

남궁세가에서 직접적으로 압력을 행사해서 인사를 배치하는 것이 아닌, 차도지계로 화산파의 입지를 좁게 만든다.

남궁묵철은 고개를 끄덕거리면서 남궁호에게 다시 물었다.

"그렇다면 생각해 놓은 사람이라도 있는 것이냐?"

남궁호의 입에서는 뜻밖의 인물이 흘러나왔다.

"바로 위지창입니다."

"음?"

남궁묵철의 언짢아하는 표정은 당연한 일이다.

맹주의 아들이긴 하나 그 성미가 불순하고 세간의 평가도 별로 좋지 않기 때문이다.

남궁호는 남궁묵철의 불안한 감정을 느끼고 그를 선택한 이유를 말하기 시작하였다.

"분명 창룡대 대주 자격에는 한참 뒤처집니다. 하지만 그 여야만 하는 이유가 있습니다."

"흠. 네가 진정 그렇게 말한다면 이유야 들어보기는 하겠지만 자칫하면 졸속 인사로 우리가 되레 욕을 먹을 수 있는 일이다."

그렇다. 남궁묵철의 말에도 일리가 있었다.

남궁가에서 추천한 인물이 위지창인데, 만약 그가 세간에 알려진 것과 마찬가지인 행보를 보인다면 그를 추천한 남궁가의 위상까지 함께 땅에 떨어질 것이다.

하지만 그런 것을 생각 못할 남궁호가 아니었다.

남궁호는 자신 있는 어투로 남궁묵철에게 말했다.

"일단 첫 번째 이유로 위지창은 표면적으로 화산파와 남궁세가와는 아무런 관련도 없는 인물입니다."

"그렇긴 하지."

"두 번째는 표면적으로는 관계가 없지만, 그가 재미있는 제안을 해왔습니다."

"호, 내가 모르게 말이더냐?"

"그렇습니다. 가주님을 만나기 어려웠는지 저에게 서신을 주고 갔습니다."

"하긴 요 몇 달 창룡대가 돌아오고 나서 내가 바쁘기는 했지. 그래, 위지창이 무슨 말을 하더냐?"

"그는 자신이 원하는 것을 단도직입적으로 말하였고, 그에 따른 보상 또한 제시하였습니다."

"보상이라? 허, 도대체 이름뿐인 무림맹주 아들이 무엇을 보상으로 내놓았다는 말이냐?"

의미심장한 남궁호의 말에 남궁묵철은 그렇게 큰 기대는 하지 않았다.

무림맹에서 맹주조차 힘을 쓰지 못하는데 그의 아들이라고 다를 수 없기 때문이다.

그러나 남궁호의 입이 열리면서 남궁묵철의 심중을 뒤흔들었다.

"무림맹에 숨어든 명교의 세작들에 대한 정보였습니다."

"……!"

쿵!

남궁묵철은 남궁호의 말에 망치로 머리를 얻어맞는 표정이었다.

그럴 수밖에 없을 것이다.

신명교 전쟁이 끝나고 내부 단속을 철저히 한 무림맹이지 않는가.

심지어 남궁묵철 자신조차 나서서 무림맹에 대해 하나부터 열까지, 마당을 쓸고 있는 일꾼까지 가리지 않고 조사를 했다.

그런데도 불구하고 명교의 세작이 있다는 것은 놀라운 사실이다.

남궁호는 아무런 말도 못하는 남궁묵철에게 다시 말을 이었다.

"처음에는 위지창이 헛소리를 하는 줄 알고 제 개인적으로 조사를 해보았습니다. 위지창이 일러준 사람을 기초로 하여서 말입니다."

"정말 세작이 있더냐?"

"놀랍게도 사실이었습니다."

"……"

다시 굳게 입을 다문 남궁묵철이다.

지금은 비록 다른 문파로 서로의 세력을 키우려고 다투고 있지만, 불과 몇 년 전까지만 해도 하나의 세력으로 뭉친 전우이지 않는가.

그 세월이 짧으면 짧다고 할 수 있지만, 이처럼 쉽게 다시 적에게 등을 내보인다는 것은 결코 기분 좋은 일일 수 없었다.

남궁호는 남궁묵철의 그런 마음을 이해하는지 다시 조심스럽게 말을 이어나갔다.

"위지창이 어떻게 해서 그런 정보를 가지고 있는지 파악은 되지 않았지만, 저희에게는 손해 볼 일이 아닙니다."

"어째서 그러하느냐?"

"마지막 세 번째 이유입니다. 위지창이 제안한 조건은 단하나, 자신을 창룡대 대주에 올려달라는 것입니다."

"흠, 그게 무슨 말이냐? 그를 우리가 추천해 가면서까지 대주 자리에 올려주는 것이 그런 정보 때문만은 아닐 터."

"그렇습니다. 명교의 세작들에 대한 정보는 필시 고급 정보이긴 하나 자칫하면 정보의 출처에 대해 의심을 살 수 있습니다. 그러나 이것을 역으로 이용한다면 위지창이 명교와 어떤 식으로든 연관되어 있다는 것을 알 수 있겠지요."

묵철은 남궁호의 말에 무언가 떠오르는 것이 있는 듯이 말했다.

"그렇다면 혹시 네가 생각하는 것이……?"

"그렇습니다. 이것을 기회로 해서 위지창을 완전히 저희 것으로 만들어 버리는 것이지요."

위지창이 무슨 생각으로 남궁호에게 접근해 제안하였는지는 모르는 상황이다.

하지만 남궁호는 이것을 기회로 만들어 위지창을 창룡대의 대주로 만들어놓고 남궁가의 꼭두각시로 만들려는 속셈이다.

무림맹의 모든 첩보 기관이 동원되어도 알 수가 없던 세작을 위지창이 단숨에 알아냈다면 필히 명교와 내통했다는 것은 눈감고도 알 수 있는 사실.

묵철은 남궁호의 말에 야심찬 웃음을 내보이면서 말했다.

"흐하하하! 역시 남궁호로구나. 좋다, 이번 일은 전적으로 네게 맡기도록 하마."

"감사합니다. 최선을 다하도록 하겠습니다."

무엇을 맡겨도 믿음직한 남궁호이다.

남궁묵철은 연신 기분 좋은 웃음을 지으면서 남궁호에게 말했다.

"그건 그렇고, 남궁가의 인물 중에 채워 넣을 사람들을 생각을 해보았느냐?"

"하하, 그것이……."

아까와는 다르게 말끝을 흐리는 남궁호이다.

무림맹에서 상대적으로 한직에 해당하는 부서의 인사이니만큼 선뜻 생각나는 인물이 없었다.

남궁의 이름을 달고 요직도 아닌 최하위급 부서에 몸을 의탁할 사람이 얼마나 되겠는가.

그러나 이것은 모르는 사람의 말이다.

지휘부가 머리라고 한다면 지휘에 맞추어서 움직이는 손과 발이 바로 그런 최하위급 부서의 사람들이기 때문이다.

그들이 모두 남궁가의 인물로 채워진다면 결국 무림맹은 남궁가의 말을 들을 수밖에 없는 구조로 가는 것이다.

하지만 이것은 남궁묵철과 남궁호의 바람일 뿐.

실질적으로 그곳으로 가는 사람들의 반발은 엄청날 것이다.

남궁묵철은 아까와는 다르게 의기소침해진 남궁호를 보고 생각했다.

'세가에 호야 같은 놈들이 몇 명만 더 있었다면. 후우.'

만약 그렇게 되었다면 남궁세가는 중원에 새 역사를 썼을지도 모를 일이다.

희생을 요하는 일.

그러나 누구 하나 희생을 하려고 하지 않는 상황이다.

그 순간 남궁묵철의 머리에 누군가 떠올랐다.

"아! 그놈이 있었지!"

"좋은 사람이라도 생각나신 것입니까?"

남궁묵철의 호들갑스러운 반응에 남궁호는 반기며 물었다.

남궁묵철은 자신 있게 남궁호의 말에 대답해 주었다.

"아주 그 역할에 딱 맞는 놈이 있지. 있고말고."

"…설마……."

"왜? 안 되나?"

"다, 당연히 안 됩니다!"

남궁호는 추측했다.

남궁묵철이 손쉽게 부리고 쉽사리 놈이라고 불리는 사람

들을 머릿속에 정리하였고, 곧 하나의 인물로 압축되었다.

그리고 목 놓아 반대를 외쳤다.

하지만 남궁호의 반대에도 아랑곳하지 않고 남궁묵철은 말했다.

"딱 그놈이 적격이다."

"아무리 그래도 철이는 안 됩니다."

"내 아들은 내가 알아서 하겠네. 더 이상 토 달지 말고 불러오게나."

"아무리 그래도 차기 가주이지 않습니까! 보는 눈도 곱지 않을뿐더러 세가의 반발이 엄청날 것입니다."

그렇다. 남궁묵철이 생각한 사람은 바로 남궁철이었다. 외인대의 대주이자 자신의 아들을 말이다.

남궁호는 당연히 반대의 목소리를 높였다.

그냥 하급 부서도 아니고 궂은일을 도맡아 처리하는 최하위급 부서이다.

아무리 높은 직위를 주어도 남궁가의 차기 가주에 어울리는 직위가 아니다.

남궁묵철은 남궁호의 반발에도 아랑곳하지 않으며 말했다.

"어차피 그것은 가주인 내가 감당하는 일. 그리고 철이 그놈은 철이 덜 들었어. 이번 일을 기회로 낮은 자리에서 일하는 것도 괜찮겠지."

"도대체 어딜 봐서 철이가 철이 덜 들었단 말입니까. 세가에서 따돌림을 당하던 외인들을 끌어모아 스스로 대주에 올라서 그들을 책임졌고, 그들과 같이 신명교 전투에 참전하여 혁혁한 공까지 세우지 않았습니까. 차라리 이번에 무림맹으로 불러올리는 김에 맹의 요직에 세우는 것이 마땅합니다."

남궁호의 피 토하는 심경에 남궁묵철은 고심하였다.

'자식 놈 성에 차지 않는 것은 오로지 부모 마음뿐이군. 하지만 지금 이런 때에 내 아들이 희생하여 그곳으로 가지 않는다면 다른 이들도 가지 않겠지.'

남궁묵철의 생각은 깊었다. 그의 생각도 남궁호와 많이 다르진 않았다.

남궁철이 스스로 대주에 올라 전투에 참전하여 공을 세웠을 때 얼마나 뿌듯해했던가.

또한 책임감마저 남달라 끝까지 자신을 따르던 사람들을 포기하지 않은 모습을 보여줬을 때는 가주의 책임을 뒤로하고 아들을 한번 안아주고 싶었던 그다.

그러나 지금은 희생을 필요로 할 때.

남궁묵철은 한 가문의 책임자로서 단호하게 말했다.

"가주의 명으로 말하는 것이네. 지금 당장 철이와 외인대를 불러오게. 그리고 그들에게 무림맹 초계단(哨戒團)을 맡길 터."

"예?"

남궁호는 자신의 귀가 잘못되었나 의심했다.

초계단이라고 한다면 말 그대로 외곽 경비를 서는 말단 중의 말단이 아닌가.

외인대는 비록 세가에서 무시를 당하는 입장이긴 하지만 그 무력은 강호의 어떤 집단과 비교해도 무시할 수 없는 전력이다.

거기다가 남궁철 또한 그 무위가 이미 남궁 가주에 도달했다고 평가하지 않던가.

그런 외인대를 아무도 신경 쓰지 않는 외곽 경비단으로 집어넣겠다는 남궁묵철의 심사를 알다가도 모를 남궁호였다.

"말 못 들었나? 초계단이라고 했네."

"하, 하나 가주!"

"두말하지 않겠네. 이야기는 이것으로 끝내기로 하고, 자네는 위지창과 관련된 문서를 정리해서 빠른 시일 내에 나에게 올리도록 하게."

"그렇지만……."

"허어, 가주의 말을 무시하는 것인가?"

"후우우, 알겠습니다. 그렇게 알리도록 하겠습니다."

한숨을 내쉬고 납득을 해야만 하는 남궁호였다.

남궁묵철은 그런 남궁호의 모습을 뒤로하고 이야기의 주

제를 바꾸었다.

"그리고 황궁에 대한 처리는 어찌 되어가고 있는가?"

무림맹에서만큼 황궁에서도 세력을 점차 넓혀가는 남궁가이다.

이미 충의세가라는 명호를 받은 만큼 황궁에서의 입지도 넓히려는 것이다.

남궁묵철의 말에 남궁호는 입술을 적시면서 준비해 온 말을 꺼냈다.

"천중상이 고무만을 일거에 제거한 덕분에 지금 황실 세력의 세 번째 자리가 무주공산이 된 것은 아실 겁니다."

"음, 역시 천중상이더군. 고무만의 세력도 만만치 않은데 겨우 몇 천의 군세로 몇 만의 고무만의 군세를 압도하다니."

남궁묵철의 평가에 남궁호는 몇 마디 덧붙였다.

"천중상의 무위는 직접 보지 않으셨습니까. 그만한 인물이 황실에서 나온 것만 해도 하늘이 천자(天子)를 선택한다는 말은 틀린 말이 아니지요."

황제를 천자라고 한다. 즉, 하늘의 아들인 것이다.

하늘이 내려준 아들만이 이 중원을 통치할 수 있는 것.

남궁묵철과 남궁상은 그 천자의 모습을 천중상에게서 본 것이다.

"어째서 천중상이 지금껏 옥좌를 탐하지 않은 것인지 모르겠군. 난 전쟁이 끝난 직후 천중상이 옥좌를 찬탈하리라 예상했는데 말이야."

누구라도 그럴 것이라 예상했을 것이다.

신명교 전쟁의 영웅이자 중원의 수호자.

천중상에게 붙여진 많은 이름 가운데 몇 가지일 뿐이다.

남궁호는 고개를 절레절레 저으면서 말을 이었다.

"사람 속이라는 것은 모르는 것이니까요."

그것이 원생의 의도인지는 꿈에도 생각지 못한 남궁묵철과 남궁호였다.

남궁묵철은 천중상을 제쳐두고 다시 말했다.

"그건 그렇다 치고, 이제껏 황실에 뿌려놓은 씨앗이 자랄 때가 되지 않았는가?"

순위로 치자면 남궁가에서는 무림맹보다 먼저 손을 쓴 황실이다.

지금껏 아무런 수확이 없다고는 할 수 없는 일.

남궁호는 담담한 표정을 지으며 대답했다.

"종사품계 두 명과 오품계 세 명, 학자원에 저희 쪽 파벌을 만들어놓기는 하였습니다만, 이제껏 고무만의 세력에 막혀서 유야무야되었던 터입니다."

"그럼 지금은 어찌 되었는가?"

"고무만이 죽고 나서 외부 인사인 저희 쪽 사람들이 몸을 사리는 동안 우승상 황충모가 치고 올라온 모양입니다."

남궁호의 말에 남궁묵철은 무겁게 한숨을 내쉬며 생각했다.

'아직도 부족하다는 말인가. 도대체 얼마나 밑 빠진 독에 물을 부어야 한단 말인가.'

지금껏 남궁세가가 황실에 쏟은 정성과 재력이 모래알로 따지면 강변을 이루었다고 해도 과언이 아니다.

그만한 수고를 했는데도 불구하고 고무만의 세력은커녕 우승상에게 자리를 내어주어야 할 판이다.

그러나 한번 시작한 일을 포기할 수는 없는 법.

남궁묵철은 마음을 다잡고 남궁호에게 말했다.

"일이 이렇게 된 이상 우승상과 직접적인 충돌은 피할 수가 없겠지. 피해를 보더라도 반드시 남궁세가의 이름이 황실에 각인되도록 만들어야 하네."

남궁호도 남궁묵철의 말을 잘 이해하고 있었다.

남궁묵철의 지시로 자신이 주도하고 있는 일이 아닌가.

묵철의 결정에 남궁호도 다짐하듯이 말했다.

"꼭 그렇게 만들겠습니다, 가주!"

"그래, 그런 자세지. 우리 한번 남궁세가를 이 중원 전체에 울려 퍼지게 만들어보세나."

무림맹 깊숙한 곳에 자리 잡은 남궁세가.

그곳에서 커다란 울림이 서서히 중원으로 퍼져 나가고 있었다.

第二章

—이원생

요새 꿈자리가 뒤숭숭하고 가끔 뒷골이 서늘해지는 게 또 누군가 뒤에서 음모라도 꾸미고 있나 싶다.

이놈의 촉은 쓸데없이 발달해서 사람을 귀찮게 만드나.

한 번도 빗나간 적이 없는 터라 불안하군.

중원의 평화를 걱정하면서 터벅터벅 포관으로 출근하니 정육이 떡하니 나를 기다리고 있다.

언제나 출근 도장만 찍고 자유롭게 일보는 녀석이라서 그런지 저런 모습이 정상인데 왠지 낯설게만 느껴진다.

뭐, 이 낯선 모습이 나만 느낀 것은 아닌가 보다.

먼저 출근하여 군필이와 함께 마당을 쓸고 있던 추 소저도 대뜸 내게 와서 물어보니 말이다.

"정 포졸님 요즘 무슨 일 있으세요? 저렇게 포두님을 기다리는 사람이 아니잖아요. 혹시 저번에 말씀하신 집안에 큰일이라도 생긴 건가요?"

종종걸음으로 달려와서 묻는 것이 별로 달갑지는 않다.

나는 추 소저에게 너그러운 웃음을 띠며 말했다.

"좋은 아침입니다, 추 소저."

아침 인사마저 빼놓고 질문한다는 것이 별로 중요하지도 않은 일이다.

나의 정중한 인사에도 불구하고 추 소저는 아랑곳하지 않는다.

추 소저는 마치 의무적으로 인사하는 듯 짧고 건성으로 인사를 건네고 다시 나에게 물었다.

"아, 안녕하세요. 한데 심각한 일인가요? 정 포졸님이 아까부터 와서 심각한 얼굴로 기다리시던데요."

요새 점점 내 존재감이 사라져 가는 것만 같다. 집에서도 그렇고 담당하는 포관에서도 그렇고.

쩌업. 그렇다고 나 좀 챙기라고 말하면 쪼잔해 보일 것 같고, 신경 써달라고 말하면 괜히 자존심에 금이 가는 것 같아서 그냥저냥 하려던 말을 속으로 삼켰다.

그리고 무심하게 입맛을 다시고 추 소저를 스쳐 지나가며 말했다.

"쩝, 팽 포졸이나 신경 쓰십시오."

내 말이 너무 무심했던가, 추 소저가 토라진 목소리로 내 뒤에서 말했다.

"너무하세요. 남도 아니고."

나중에 일이 잘못되면 차라리 남이라는 사실이 다행일 것입니다.

아무 말도 하지 않고 내 집무실로 걸어가면서 군필이 녀석을 슬쩍 쳐다보았다.

그놈은 나와 눈이 마주치자 긴장한 표정으로 꾸벅 인사하며 말했다.

"오셨습니까, 이 포두, 아니, 님!"

아직도 분간이 안 되나 보군. 말투가 헛갈리는 것을 보니 말이다.

나는 군필이 녀석을 향해 씨익 웃어준 후 이현이 들으라고 큰 소리로 말했다.

"아이구! 이거 몰라뵈었습니다! 이 포두, 여기 왔습니다, 군필님!"

"컥! 이, 일부러 그런 것은 아닙니다. 포, 포두님!"

"어이구, 그러셨습니까?"

내가 생색을 내면서 덤비자 군필이 녀석은 당황해하면서 어쩔 줄을 몰라 했다.

나의 목소리를 들은 이현이 부엌에서 무언가를 씻다가 나온 모습으로 날 반기며 말했다.

"포두님 오셨습니까."

저놈은 또 무슨 일이야?

"너는 그 꼴이 뭐냐? 안에서 뭐했냐?"

궁금증에 대뜸 물었더니, 녀석은 급하게 손을 뒤로 감추면서 헛기침을 하고 말했다.

"험험! 아닙니다. 별것 아닙니다."

이 추운 날씨에 이현의 소매가 말려 올라가 있다.

손에 물이 묻어 있는 걸로 보아 아마도 설거지를 하다 나온 게 아닌가 싶다.

나는 혀를 끌끌 차면서 이현에게 말했다.

"쯧쯧, 설거지할 시간은 있고 저놈 교육시킬 시간은 없나 보지?"

"어? 저놈이 또 무슨 실수라도 했습니까?"

찌릿!

이현의 눈빛이 좀 전과 정반대로 살기를 띠면서 군필이 놈을 쳐다보았다.

군필은 그 눈빛을 보고 바짝 얼어버렸다.

오, 도대체 얼마나 때린 거야? 눈빛만으로 사람을 복종시키기는 어려운데.

왠지 군필이 녀석이 불쌍하기는 했지만, 그래도 이 과정을 넘기고 나면 편한 데서 떵떵거리고 살 것이기에 동정심 따위는 가지지 않기로 하였다.

나는 뒤돌아 다시 집무실로 들어가면서 이현에게 짧게 한마디 남겨주었다.

"저놈이 나한테 반말하더라."

짧은 나의 한마디에 군필이 즉각적으로 반응하였다.

"어, 어헉! 포, 포두님, 제가 언제……!"

"이게 아직 정신을 덜 차렸나. 이리 와!"

군필이 녀석은 자신의 말이 끝나기도 전에 이현에게 뒷덜미를 붙잡혀 가버렸다.

녀석, 살아서 보자꾸나.

오늘도 가볍게 포관 업무가 시작되려나 생각했더니 집무실 안에 있을 정육이 놈을 깜박했군.

끼익, 덜커덕!

"알아는 보셨소?"

문을 열고 들어서자마자 정육이 묻는데 놈이 이토록 날 반기는 것은 처음 본다.

의자를 박차고 나오기까지 하다니 평소에도 좀 그래 봐라.

"진정하고 앉아봐. 일단 불이나 피우고 애기하도록 하자."

난 녀석에게 자리에 다시 앉으라는 말과 함께 집무실 안의 한기를 몰아내기 위해 화로에 불을 피웠다.

달그락.

투툭.

화로 옆에 쌓인 마른 나무를 가져다가 불구덩이에 집어넣고 어제 남은 숯과 불씨를 되살리려 입으로 조심스럽게 바람을 불어댔다.

후우우!

천천히, 그리고 매우 섬세하게.

불씨는 세게 분다고 해서 빨리 살아나는 것도 아니고, 불씨의 양이 모자라면 세게 분 바람에 꺼질 수도 있다.

그러니 불을 만들 때에는 불이 살아 나갈 공간을 만들어주고 그 안에 불씨를 집어넣고 살리는 것이 중요하다.

이번 문제도 이와 같다.

운씨 자매를 구원해 내는 것은 손톱보다 작은 불씨다.

그러나 어떻게 키우느냐에 따라서 그 불씨가 불로 번질지, 아니면 그저 성급한 바람에 꺼져 버릴지 모르는 상황인 것이다.

정육은 나의 이런 모습에 애간장이 타는 심정으로 말하였다.

"한시가 급하오! 하루가 다르게 병세는 악화되고 있는데 손 놓고 지켜만 보는 심정은 어떻겠소! 무언가 수를 써야 하지 않겠소!"

나는 그런 녀석의 외침에 화로의 입구를 닫으면서 차분한 목소리로 또박또박 말해 주었다.

"지금 무언가 수를 만들어내고 있으니 조급해하지 말고 기다려, 정 포졸."

"그녀들에게는 하루가 일 년 같소! 어제도 거의 숨이 끊어져 가는 것을 겨우 살려내었소이다! 더 이상 지체했다가는 개죽음을 면치 못할 것이오!"

나는 녀석의 말을 끊으며 조용히 말했다.

"너처럼 조급하게 일을 처리했다가는 이 포관 식구들도 개죽음을 면치 못할 거야. 지금 우리가 하려는 일 자체가 어떻게 보면 반역죄로 몰릴 수도 있는 일이다."

"……."

"네가 나를 얼마나 믿는지 모르겠지만, 근시일 내로 방도를 찾아낼 테니 이상한 행동은 자제하고 평소대로 업무나 처리해."

으드득!

"알겠소이다."

쏘아붙이듯이 말하는 나의 말에 녀석은 어금니를 강하게 깨물고는 고개를 끄덕이며 집무실을 나갔다.

저놈도 생각이 있다면 내 말뜻을 이해했겠지.

이번 일은 신중함이 기본이다.

자칫하다가는 잘못 엮여서 이곳 포관의 모든 사람이 일순간에 목숨을 잃을 수도 있었다.

나 하나 잘못된다면 차라리 그냥 도망가 버리면 되겠지만, 나머지 포관 사람들은 무슨 죄인가.

나는 나가는 정육의 뒷모습을 바라보며 한숨을 내쉬며 중얼거렸다.

"후우, 그나저나 도통 방법이 보이지가 않는군."

정육이 놈에게 큰소리까지 쳤는데 이번 문제에 대한 실마리조차 잡지 못하고 있으니 미치고 팔짝 뛸 노릇이다.

며칠 동안 예린 소저와 연통을 주고받으면서 조심스럽게 이번 일에 대해 토의를 했지만 결국 언제나처럼 한 가지 방도밖에 없었다.

시간이 약이다.

꾹 참고 기다리다 보면 결국 운씨 자매는 잊혀갈 것이고 아무도 운씨 자매의 행방에 대해서 궁금해하지 않을 것이다.

그리고 그때가 바로 운씨 자매가 자유의 몸이 되는 순간이었다.

뭐, 그러자면 먼저 운씨 자매가 그때까지 건강하게 살아준다는 가정 하에서겠지만.

턱도 없는 가정이다.

지금도 정육이 신경 써주지 않는다면 언제 숨이 끊어질지 모르는 상황인데 하염없이 기다리기는 무엇을 기다리는가.

이런저런 생각을 하고 있는데 밖에서 이현의 목소리가 들렸다.

똑똑.

"포두님?"

"무슨 일이야?"

"다름이 아니라 누가 포두님에게 책자를 하나 보내왔습니다."

나는 몸을 일으켜 집무실의 문을 열고는 이현을 보았다.

이현의 손에 두꺼운 책자 하나와 예린 소저의 글씨체로 쓰인 연통이 같이 들려 있다.

나는 재빨리 그것을 받아 들고는 이현에게 가보라는 손짓과 함께 말했다.

"오, 수고했어. 가서 일봐."

"아, 예, 그럼."

별말 안 하고 사라지는 이현을 볼 새도 없이 집무실로 들어와 연통을 먼저 열어 보았다.

사락.

"흐으음."

향기로운 예린 소저의 냄새가 묻어 있는 착각이 들 정도로 좋은 냄새가 연통에서 풍겨져 나왔다.

한데 오전 중에 연통을 보낼 이유가 없는데 무슨 일이지?

언제나 오전 중에 내가 먼저 연통을 보내면 퇴근 시간 무렵 예린 소저로부터 연통이 오곤 했다.

그리고 나는 그것을 집에 가서 읽어보고 연통을 작성해서 오전에 출근할 때 예린 소저에게 보내는 것이 일상이었다.

나는 예린 소저가 보낸 연통을 꺼내 차근차근 읽고는 같이 온 책을 보았다.

연통의 내용은 이러했다.

예린 소저 자신은 도무지 실마리를 찾을 수 없다는 말과 함께 혹시라도 내가 읽어보면 다를까 싶어서 법령에 관한 책자를 함께 보낸다고 하였다.

또한 외인대의 전출 명령도 함께 적혀 있었지만 가볍게 무시했다.

이런 명령도 떨어지기 전에 쌩하니 도망간 녀석들인데 뭐 하러 눈여겨보겠는가.

그래도 도망가기 전까지는 얼추 좀 많은 돈을 세금으로 지

불하고 간 덕분에 현의 재정 살림이 좋아졌다는 말이 들렸으니 그냥 봐주기로 하였다.

흠. 그나저나 내가 읽어본다고 해서 뭐 달라지는 게 있나 싶기도 하다.

하지만 그래도 시도조차 해보지 않으면 안 된다는 옛 성인들의 말에 따라 책을 폈다.

억! 잠이 오는군.

커헉! 정신 차려라! 아무리 그래도 책을 펴자마자 잠이 오면 어떻게 해!

역시 나와 책은 상극이다.

아무튼 운씨 자매의 일이 포함되어 있는 반역죄에 따른 조치를 보니 내 눈에 확 들어오는 문구가 있었으니.

관노나 관기로 정해진 반역 무리의 가족이 해당 관청에 피해를 준다고 판단될 시 노비로 거래할 수 있다.
단, 이품계 이상의 날인과 노비로 거래할 수 있는 곳은 그 지역 관청으로 제한한다.

어? 뭐야? 세상에, 예린 소저가 이걸 놓칠 리는 없고.

아무튼 이거면 되겠어.

재가(裁可)도 아니고 단지 날인(捺印)만 있으면 된다니!

물론 이품계의 날인을 받는 것이 쉬운 일은 아니겠지만 정식으로 상소를 올리는 것도 아니고 더군다나 노비로 거래를 할 수 있지 않는가!

생각해 보니 예린 소저가 이 문구를 배제한 것이 이해는 가는군.

운씨 자매를 노비로 만들려면 현령이 직접 나서서 관기가 자신의 관청에 쓸데없는 일을 만든다고 해명을 해야 하는 상황이 벌어지는 것이고,

또한 거기에 대한 타당한 이유도 있어야 하고 말이다.

하지만 이유는 만들면 되는 것.

그리고 그 지역 관청이라면 포관도 포함되어 있으니 이것이야말로 딱 맞는 조건이다.

후후, 이제야 가야 할 길이 명확히 보이는 것 같다.

이제는 그 길을 어떤 식으로 조용하고 쉽게 가는지 계획을 세워야 할 시기.

아마도 계획을 정해야 할 범위는 크게 세 가지로 분류될 것이다.

첫 번째는 운씨 자매에 대해서 노비로 만들 만한 타당한 이유를 만들 것.

두 번째는 예린 소저에게 부탁해 현령에게 운씨 자매에 대한 노비 거래가 가능하게 해달라고 설명할 것.

마지막 세 번째는 이품계의 날인을 해줄 사람을 찾을 것.

이품계가 날인을 해주면 자연히 중앙으로 보고가 들어간다.

뭐, 어차피 이품계 정도의 날인이면 황도에서는 쳐다보지도 않고 통과시킬 것이 분명하지만 문제는 그 사람을 어떻게 찾느냐는 것인데.

그 정도 관직에 있는 사람 중 지금 당장 생각나는 사람은 황충모와…….

아! 내가 왜 그 생각을 못했지?

"검황 화무황!"

그래, 그 사람이 있다.

비록 명패뿐인 품계이긴 하지만 황제가 직접 내려준 품계이니 효력은 같을 것이다.

쾅!

나는 거칠게 책상을 치고 일어나며 기분 좋은 웃음을 터뜨렸다.

"하하하하! 난 역시 천재야!"

이런 생각을 예린 소저도 못했다는 소리 아닌가! 역시 내 머리는 아직 녹슬지 않았어!

나는 내 천재성에 감탄하여 낸 웃음소리를 듣고 집무실로 들어온 추 소저를 보았다.

덜컥!

"포두님."

후훗. 이거 이런 나의 모습을 보고 반하면 안 되는데.

추 소저는 나의 멋진 모습에 도취되어 한마디 했다.

"점심 드세요. 밥때 다 됐어요."

"아, 예."

밥이나 먹자.

＊　　　＊　　　＊

점심을 먹는 중에 정육에게는 아무런 소리도 하지 않았다.

섣불리 이 계획을 알려주었다가는 정육의 성급함으로 일을 그르칠 공산이 크기 때문이다.

나는 일단 운씨 자매에게 노비의 신분으로 만들어줄 이유를 찾기 위해서 점심을 먹고 나서 정육을 따로 불러 신상 파악에 들어갔다.

직접적으로 말하면 눈치를 챌지도 모르니 넌지시 주변 이야기부터 시작했다.

"흠, 정 포졸."

"예."

"혹시 운씨 자매가 관청에서 일을 잘 못한다거나 무엇을 부수는 행위를 한 적이 있나?"

좀 어처구니없는 질문이긴 하나 이것은 금전적인 피해 부분에 대한 물음이다. 그런데 생각해 보면 나도 이야기를 잘못 꺼냈다.

뻔히 운씨 자매가 그런 성격이 아니라는 것을 나도 아는데 말이다.

정육은 당연히 뜬금없는 나의 말에 정색하고는 말했다.

"무슨 소리를 하시는 겁니까?"

"아니, 그냥 하는 소리지, 뭐."

얼렁뚱땅 넘어가려고 머리를 긁적이며 얼버무리고는 생각을 정리해서 다시 물었다.

"혹시 운씨 자매에게 못되게 구는 사람이 있나?"

"있소이다!"

아까의 정색했던 표정에서 분기 가득한 목소리로 말하는 정육의 모습을 보고 살짝 겁먹었다.

이놈이 무섭게 왜 이래? 잘하면 나도 치겠네?

그건 그렇고, 있다니 다행이기는 하다. 말을 맞추는 데 있어서 꼭 그런 장면이 필요했으니.

좀 억지에 가까운 말 맞추기이는 하나 예린 소저의 도움이 있다면 가능하다.

운씨 자매로 인해서 현청의 인원들이 업무에 방해를 받고 있다고 하는 것이다.

물론 그 업무 방해가 심각한 정도가 아니라 그저 눈살을 찌푸릴 정도라고 말을 맞춰야 하는데 이게 굉장히 애매하다.

업무 방해가 심하다고 자칫 보고가 잘못 올라가면 귀찮은 것을 싫어하는 우리네 윗사람들은 그냥 죽이라는 명을 내릴 것이 분명하지 않은가?

그렇게 되면 내가 지금껏 노력한 것이 물거품이 될 것이다.

또한 황궁에 자진 출두해서 며칠 걸릴지도 모르는 정치 싸움을 계속해야겠지.

그런 생각하기도 싫은 과정을 밟지 않으려면 이 미묘한 선을 잘 지켜야 한다.

과하지도 덜하지도 않게 말이다.

정육에게 덤덤하고 아무렇지도 않은 표정으로 다시 물었다.

"여럿이든가, 혼자이든가?"

"단 한 명이오!"

이거 상황이 더 좋지 않게 흘러가는군.

차라리 여럿이면 서로 이간질시켜서 나 몰라라 하게 만드는 것이 더 빠른데, 혼자라면 처리하기가 여간 귀찮은 게 아니다.

보통 관기든 노비든 사람인지라.

사람이 사람에게 악의적으로 군다면 필시 이유라는 게 존재한다.

만약 운씨 자매에 대해서 여럿이 악의적으로 군다면 그것은 단순한 이유임이 분명하다.

사람은 여럿이 모여 있으면 공감할 것이 필요하고, 그 공감대 형성은 복잡한 구성은 아닐 것이다.

그들이 운씨 자매를 이용해서 뭘 하려는 것이 아닌 이상 말이다.

그러나 혼자일 때는 말이 달라진다.

주변 상황에 관계없이 오로지 운씨 자매에 대해 악의적으로 군다면 필히 무언가 인연으로 엮인 것이 분명하기 때문이다.

나는 그것을 알아보기 위해서 정육에게 다시 물었다.

"으음. 그럼 그 한 명을 혹시 아는가?"

"당연히 알고 있소!"

"아니, 물론 알고 있겠지. 내 말의 의미는 혹시 예전에 무슨 과거로 엮인 게 아니냐는 말이지."

"이곳 장하현에서 처음 만난 인물이오. 또한 예전 그분들과 전혀 관계가 없었고 말이오."

"그렇다면 그가 운씨 자매를 단순히 자신을 만족시키기 위해서 괴롭힌다는 말인가?"

이것도 의문이다.

관기라고 해서 누구나 다 마음대로 부릴 수 있는 것도 아니고, 운씨 자매의 소속은 분명히 현령 직속이 아닌가.

나의 물음에 정육의 부릅뜬 눈동자가 이상하게 분주해지기 시작하였다.

불안한 시선 처리와 아까의 분기 어린 표정은 어디 가고 당혹감이 올라온 모습이다.

저놈 혹시?

"……."

"야, 너 혹시 운씨 자매를 괴롭힌다는 놈이 맹 포졸 아니야?"

"……."

맞는군. 확실하네.

내가 여기로 부임하고 나서 이현이 놈이 회식 자리에서 나에게 넌지시 정육의 이야기를 한 적이 있다.

그때 한 이야기를 떠올려 보자면, 가뭄에 콩 나듯 한 번씩 현청에서 포졸들에게 상여금을 지급하는 날이 있는데 일은 거기서 터졌다.

당시 정육은 신참 포졸이었고, 맹 포졸이라는 놈은 그래도 포졸로는 꽤나 짬밥을 먹은 고참이었다.

뭐, 정육이 어느 정도 사회생활을 해보고 융통성이 있었으면 알아서 기었겠지만, 이놈은 지금도 나에게 반말을 해댈 만큼 융통성이란 눈곱만큼도 없는 놈이기에 포졸들이 모인 자리에서도 직위가 같으니 그냥 말을 내뱉었다.

다른 포졸들은 전부 그런 정육의 모습을 보고는 똥 보듯이 피했다.

하나 유독 맹 포졸은 굳이 정육을 이기려 들었고, 그 가운데 시비가 붙었다는 것이다.

물론 정육이 이놈의 무공 실력이 월등한 탓에 일방적으로 맞은 맹 포졸이다.

그 이후부터 맹 포졸의 적대감은 상상도 못할 만큼 커졌다고 하는데, 그건 내 알 바 아니고.

하면 운씨 자매와 정육의 관계를 맹 포졸이 안 거야?

나는 설마 하는 마음으로 정육에게 말했다.

"그럼 운씨 자매를 괴롭히는 것이 너하고 관계가 있는 거냐?"

뭉뚱그려서 물었지만 만약 관계가 있는 것이면 이건 미칠 노릇이다.

나와 포관의 운명이 그놈 말 한마디에 달린 것이 아닌가?

정육은 고개를 끄덕이면서 아리송한 대답을 내어놓았다.

"그놈이 나와 관계가 되어서 그분들을 괴롭히는 것은 맞으나, 나와 그분들의 관계까지는 알지 못하오."

"그 말은 대체 뭐야? 알아듣기 쉽게 설명해 봐."

"그놈이 그분들을 건드리는 것은 나에게 져서 화풀이하는 것일 뿐, 내가 그분들과 관계돼서가 아니란 말이오!"

정육 말을 듣고 보니 참 대단한 맹 포졸이다.

직위도 정육과 같고 맹 포졸이 있는 관할 지역도 아니니 자신이 선배라고도 못하고 무력으로도 못 이기니 그냥 화풀이를 운씨 자매에게 하는 것뿐이라는 것.

뭐 이런 놈이 나랏밥 먹고 있는 거지?

정육의 말을 듣고 맹 포졸에 대한 기억을 끄집어내었다.

생김새는 쥐와 염소를 합해 놓은 듯한 얼굴에 상급자에 대한 아부도 심한 편이었다.

주변의 평가도 썩 좋지 않은 걸로 기억하는데 말이야.

그래도 정육과 운씨 자매의 관계를 모른다니 불행 중 다행이다.

이것으로 인해서 만들어낼 말이 있으니 말이다.

흐흠. 그렇다면 이제 서서히 일을 꾸며가 보도록 할까.

나는 정육을 보내고 앞으로의 계획도 세울 겸 다시 집무실로 들어왔다.

예린 소저에게 보낼 서신도 작성하고 현령의 반응도 예측에 집어넣고 맹 포졸에 대한 것도 정리하고 말이다.

검황의 날인을 받는 일은 이후에 처리해도 되는 문제, 쓸데없이 이리저리 들쑤시고 다니면 나만 피곤하지.

하아, 언제쯤 몸도 마음도 편하고 머리도 편해지려는지.

아무런 생각도 안 하고 그냥 술 마시고 놀면 얼마나 좋을까.

어이고, 내 팔자야.

─무림맹, 위지창, 그리고 명교

"으으윽! 으아아! 크흡!"

위지창은 자신의 방에서 연신 넘어오는 비명을 참아내고 있었다.

온몸은 땀에 흥건히 젖어 있고 얼굴은 퀭하니 화류공자의 모습은 온데간데없이 사라지고 없었다.

그는 복부와 가슴에 울려 퍼지는 지옥 불 같은 고통을 곱씹어가며 생각했다.

'반드시, 반드시 죽여 버릴 것이다! 내 이 고통을 기필코 천 배 만배로 되갚아줄 것이다!'

벌써 충분한 시간이 지났건만 위지창은 이원생에게 맞은 상처를 회복하지 못했다.

원생이 마음먹고 죽이겠다고 내지른 타격은 그 원리부터

달랐다.

상대방의 기혈을 끊어놓음과 동시에 다시는 내공을 회복하지 못하게 원천진기마저 깨뜨려 버렸다.

그 의미는 곧 위지창은 얼마 가지 않아 죽는다는 소리와 마찬가지였다.

신의라고 불리는 문전방이 와도 살리지 못할 신세. 하지만 위지창은 그 사실을 모르고 있었다.

화의와 요랑은 알고 있었지만 위지창을 이용하기 위해 이 사실을 숨기고 강력한 진통 효과를 가진 약재만을 이제껏 먹여온 것이다.

위지창은 그 사실도 모른 채 오늘도 이원생에 대한 끓어오르는 분노를 삭이면서 약을 들이켰다.

벌컥벌컥!

조그만 호리병에 담긴 독한 진통제가 비워지고, 위지창의 몸은 금세 고통이 사그라졌다.

거침 숨소리를 내뱉으며 위지창은 호흡을 가다듬었다.

"후우후우! 허억허억!"

위지창이 죽을 것 같은 몸을 잠시 침상에 기대에 쉬고 있을 무렵, 누군가 그의 방문을 인기척도 없이 열며 조심스레 들어왔다.

끼이익.

탈칵!

아무런 인기척도 없는 그의 방문에 위지창은 평소 같았으면 길길이 화를 냈겠지만, 지금은 그는 그럴 힘이 없었다.

"누, 누구냐?"

힘없는 위지창의 말에 방문을 열고 들어온 사람은 위지창이 누운 침대로 다가왔다.

"교에서 명이 왔습니다."

털털하게 말하는 그의 말에 위지창은 어금니를 깨물며 침상에서 억지로 몸을 일으키며 말했다.

"크흐, 그래?"

"몸이 많이 안 좋아 보이는데, 괜찮습니까?"

걱정해 주는 그 사람의 안부에도 불구하고 위지창은 침상 구석에 몸을 밀어 넣고는 신경질적인 목소리로 말했다.

"겨우 조무래기 주제에 내 몸을 걱정하다니, 닥쳐라."

"알겠습니다. 그럼 여기 서신과 약병을 놓고 저는 물러가겠습니다."

척.

스윽.

그 사람은 아까 위지창이 단숨에 들이켰던 약과 서신을 두고 몸을 돌렸다.

그 모습을 보고 위지창이 떨리는 음성으로 외쳐 물었다.

"요, 요랑님은 잘 계시느냐? 내가 보고 싶다고 하시지는 않더냐?"

위지창의 물음에 그 사람은 아무런 감정도 없는 말투로 요랑의 말을 그대로 전하며 생각했다.

"조만간에 한번 들르겠다고 하십니다. 그때 또 환락의 밤을 같이 만들어보자고 하십니다."

'그때가 되면 네놈 명줄도 끊어지겠지.'

위지창은 그의 말을 듣고 흐느껴 웃으면서 혼잣말을 중얼거렸다.

"크흐흐흐, 요랑님이 그러셨다고. 크흐흐, 그래, 그 미끈한 몸을 다시 한 번 매만져 봐야 하지 않는가. 그래. 크흐흐흐."

위지창의 정신 나간 소리에 그 사람은 고개를 좌우로 흔들고는 방에서 나가 버렸다.

위지창은 그런 그의 반응에도 아랑곳하지 않고 생각했다.

'요랑님이 오기 전에 당당하게 창룡대의 대주가 된 모습을 보여줘야 하지 않겠는가. 크흐흐.'

요랑이 위지창에 대한 세뇌는 정확하게 한 편이었다.

한데 그것이 자신에 대한 집착으로 이어지리라곤 생각 못한 요랑이었다.

'크흐흐흐, 그리고 저 조무래기 놈은 내가 자기 넘긴 줄도 모르는 모양이군. 하긴 저런 조무래기 놈 하나 희생해서 내가

대주가 된 것이 요랑님에게는 더 큰 힘이 되지 않겠는가. 크흐흐.'

명교에서 위지창의 활용하는 방법과는 전혀 다른 방향의 것을 생각한 그였다.

또한 위지창의 위치보다는 현재 위지창이 조무래기라고 평가한 무림맹의 주요 인사인 그 사람이 훨씬 요랑과 명교에게는 중요한 사람이었다.

그런 사람을 위지창은 다른 사람과 상의도 없이 자신의 마음대로 대주가 되기 위한 포석쯤으로 생각하고 넘겨 버린 것이다.

무언가 상황이 심각하게 꼬인 상황.

하지만 현재 위지창의 정신 상태는 그러한 것도 예상이 불가능할 만큼 인지 능력이 현저하게 저하된 상태였다.

위지창은 천장을 쳐다보며 중얼거렸다.

"남궁세가에서 내 제안을 거절할 일은 없겠지. 크흐. 어차피 그들도 내가 위험인물이 아닌 것을."

틀린 말은 아니었다. 남궁세가 쪽에는 득이 되면 되는 상황. 위지창을 위시해 화산파의 세력을 줄일 수 있는 것이다.

눈엣가시 같던 검황의 직전제자인 장영호를 몰아낼 수 있으니 말이다.

위지창은 서서히 기운을 회복시키면서 숨을 가다듬으며

말했다.

"하아, 하아, 내가 창룡대의 대주가 된다면 맹주 자리에 한 발짝 더 다가서게 되는 것. 크흐흐. 그렇게 된다면 무림맹을 통째로 요랑님에게 넘길 수 있겠지. 그리고 요랑님을 내 손에 얻게 되는 것은 시간문제. 크흐흐."

왠지 이상한 쪽으로 세뇌가 된 위지창이었다.

세뇌시킨 화의도 예상치 못한 결과일 것이다.

부작용이 이렇게 클 줄 알았다면 요랑도 굳이 무리해서까지 세뇌를 시키지 않았을 텐데 말이다.

위지창의 무리수에 명교와 향후 중원에 퍼지게 될 파장은 생각지도 못한 채 위지창은 계속해서 요랑과의 뜨거웠던 밤을 생각하며 낄낄대고 있었다.

第三章

위지창이 무림맹에서 인지 능력을 상실한 채 무리수를 두었을 무렵,

명교의 교주 처소에는 교주와 요랑이 서로 마주 본 채 탁자에 앉아 있었다.

교주는 예의 무표정한 얼굴로 탁자에 턱을 괴고 요랑을 무심하게 쳐다보고 있었다.

요랑은 대외적으로 보이던 교주를 홀리던 모습이 아닌, 그냥 멍한 눈동자로 어딘가를 응시하지도 않은 모습으로 그저 앉아 있을 뿐이다.

요랑의 그러한 모습을 본 교주는 손가락으로 탁자를 툭툭 치면서 고심하고 있었다.

　'설마하니 그놈이 천마대를 만날 줄이야. 아껴뒀던 놈들인데 괜히 아쉽게 되었어. 그리고 갈마추 대장로까지 당했으니, 이거야 원.'

　원생을 압박하는 것까지는 좋았지만 피해가 너무 막심한 명교였다.

　고무만이 순조롭게 황제의 자리에 올랐다면 천중상과 일전을 벌였을 터이다.

　그리고 천중상이 이기든 패하든 두 세력이 치고받고 싸워서 전력을 상실했을 때 명교가 끼어들어 중원을 차지했을 것이다.

　'이원생 그놈이 끼어들기 전까지만 해도 좋았는데.'

　항상 어딜 가나 이원생이 있었다.

　정말 징그럽게 따라붙은 이원생이 너무나도 싫었지만, 다짜고짜 그를 죽일 수도 없는 노릇이었다.

　만약 그를 죽인다고 가정했을 때, 수많은 병력을 동원함과 동시에 철저하게 기습적으로 이루어져야 한다.

　그래도 그를 죽인다는 완벽한 보장은 없었다.

　또한 만약 원생이 그러한 공격에도 불구하고 살아남는다면 그 뒤는 상상하기도 싫었다.

교주는 곰곰이 생각하고 있었다.

'이제는 누구를 이용해야 하나?'

뒤적뒤적.

자신의 앞에 놓인 수많은 인명부를 들추면서 교주는 자신이 이용할 상대를 찾아보았다.

그 인명부에는 황궁의 명문 문벌 귀족부터 군벌까지 나열되어 있었지만 그 누구 하나 교주의 눈에 차는 인물이 없었다.

'고무만이 있을 때가 참 좋았는데 말이야. 적당히 무식해서 이용할 수도 있었고, 비위 좀 맞춰주면 금세 일 처리도 해주었는데. 으음. 그러자니 고무만보다 똑똑하면 괜히 뒤처리에 문제가 생길 위험이 있고 또 너무 무식하면 고무만처럼 일을 그 지경으로 만들 수도 있으니. 으으음.'

교주가 찾는 인물은 적당히 권력을 탐하면서 자신의 뜻에 따라서 움직여 줄 인물이었다.

거기다가 든든한 세력도 뒷받침되어야 했고 황궁에서 명망 있는 인물이어야 했다.

이 모든 조건에 맞는 인물은 당연히 없었지만 교주는 자신의 앞에 놓인 한 인물을 놓고 또 골똘히 생각하였다.

'우승상 황충모라……. 예전에 한번 말을 건넨 적이 있기는 하지만 꽤 강단 있는 늙은인데 말이야.'

명교에서 황충모 이야기가 오간 적은 있었다.

그러나 결국 명교의 선택은 고무만이었고, 고무만의 세력을 키워주었다.

그때도 걸림돌이 된 것이 바로 황충모의 대쪽 같은 성격이었다.

전형적인 사대부의 문벌 귀족.

중원을 이루는 것은 오로지 황제가 아닌 사대부의 힘이라는 생각을 가진 사람이었다.

황제를 갈아치우는 것이 아니라 황제를 자신들 사대부의 꼭두각시로 만드는 것이 목적인지라 명교의 성격에 맞지도 않을뿐더러 교주 자신의 말을 잘 듣지도 않던 사람이다.

'없는 살림에 뭐 하나 귀하지 않은 게 없다고 하지만 현재 황충모만 한 인물이 없으니. 으음.'

중원 천지를 놓고 보아도 명교가 뒤에 숨어서 황궁에 세력을 뻗기에는 황충모만 한 인물이 없는 것이다.

교주는 그 사실을 알기에 더욱더 고민이 깊어져만 갔다.

'만약 내 일신의 공력과 무공이 있었다면. 후우!'

교주는 자신을 질책하였다.

미련한 짓이었다.

그때 뭐하자고 모든 공력을 때려 부어서 명교의 현신 따위를 만들어낸 것인가.

그냥 자기 혼자서 중원 차지하고 편히 살아도 될 것을 뭐 하려고 명교의 평생 숙원인지 뭔지 들먹여 가며 장로원의 말을 따랐단 말인가.

이미 지나간 일을 가지고 왈가왈부할 것은 아니지만, 그래도 후회가 되는 교주였다.

교주는 앞에서 그저 멍하니 쳐다보고 있는 요랑에게 말했다.

"요즘 교의 상황은 어떠하느냐?"

요랑은 교주의 물음에 아무런 감정이 섞이지 않은 목소리로 말을 내뱉었다.

"현재 교의 상황은 요랑이 교주를 현혹시켜서 분란을 조성한다는 권왕의 세력과 중립 세력인 구명우의 세력, 그리고 요랑의 세력으로 나뉘는 상황입니다."

요랑의 말에 교주는 생각했다.

'그래도 내 공력을 명왕 현신에 쏟아붓기 전에 요랑의 정신을 봉해놓아서 다행이지.'

교주는 차후를 대비해서 자신에게 아무런 해가 없게 하기 위해 그 방패막이로 요랑을 내세우려고 하였다.

그래서 명교에서조차 금제로 치부되는 대막섭혼술을 요랑에게 덮어씌운 것이다.

실로 악랄하기 그지없는 자였다.

당시 납치되었을 때의 나이가 십여 세.

아직 옳고 그름이 무엇인지조차 판단하지 못할 나이임에도 불구하고 교주는 요랑에게 아무런 거리낌도 없이 섭혼술을 행한 것이다.

단순히 이용해 먹고 버릴 의도가 명백한 행위, 섭혼술의 부작용을 뻔히 아는 교주의 의도는 명확했다.

교주는 넌지시 다시 물었다.

"그럼 구명우는 요즘 뭘 하고 있더냐?"

"구명우는 지금 현재 마졸들을 훈련시키며 하루하루를 보내고 있습니다."

"권왕은?"

"요랑의 움직임을 관찰하면서 교주님의 명에 의문을 제기하고 있습니다. 그것 때문에 구명우를 따르는 주변에서 동요가 많습니다."

교주는 요랑의 말에 권왕을 생각하며 쓰게 웃었다.

'이거 좋아해야 하는 건지 아닌지. 권왕의 충성심은 좋은데 그 충성심이 나에 국한된 것이 문제.'

구명우와 갈마추만 해도 명교를 위해서 싸우는 사람들이지만 유독 권왕만은 달랐다.

오로지 교주 자신의 명만 듣는 사람이지 않는가?

한숨을 내쉰 교주는 권왕의 거취에 대해서 진지하게 생각해 보았다.

'자칫 권왕이 잘못 끼어들었을 때는 내 계획이 틀어질지도 모른다. 그러나 내 계획 때문에 권왕을 버린다는 것도 있을 수 없는 일.'

교주의 입장에서 권왕의 입지는 계륵이었다.

자신이 요랑의 뒤에 숨은 것도 다 이유가 있어서이다.

한데 자신이 섣불리 권왕과 접촉하여 이유를 말해주고 진정시키면 이때까지 요랑의 명이라면 길길이 반발하고 나섰던 그가 갑자기 잠자코 있다는 사실을 이상하게 여길 것이다.

더군다나 현재 명교 내에서 자신에게 유일하게 충성하는 권왕을 없애 버린다는 것은 말도 안 되는 일이고 말이다.

교주는 깊은 한숨을 내쉬며 생각했다.

'후우우. 권왕은 계속 이대로 두고 보다가 반대가 심해졌을 시 따로 만나는 것이 좋겠고, 결국 황충모와 손을 잡아야 할 것 같은데 말이야.'

결국 답은 황충모밖에 없었다.

'그 늙은이가 한 번 퇴자를 먹어놓고 다시 손을 잡을까? 고무만도 없는 지금 황실에서 명교와 손을 잡을 것인가? 어찌 되었든 부딪쳐 보는 수밖에는 없겠군.'

마음을 먹은 교주는 요랑에게 지시하듯이 말하였다.

"너는 지금 당장 우승상 황충모와 명교와의 계약을 성사시켜라. 교태를 부리든 안기든 무조건 성사시켜야 한다. 알겠느냐?"

요랑을 물건 취급하는 교주의 말에도 아무런 감정을 느끼지 못하는 요랑은 그저 대답하고 일어서서 교주의 방을 나섰다.

"알겠습니다, 교주님. 명 받들겠습니다."

달칵.

교주의 방에서 나온 요랑이 단 한 발자국 내딛는 그 순간,

아까의 초점 없는 눈빛은 온데간데없이 사라지고 얼굴에 혈색이 돌며 예의 색기 넘치는 모습으로 바뀌어 버렸다.

이윽고 울려 퍼지는 목소리.

"호호호! 거기 누구 없느냐?"

표독스러운 목소리가 교주의 방 안에서와는 딴판이다.

도대체 어느 것이 거짓이고 진실인지 알 수 없는 상황.

요랑이 교주를 속인 것일 수도 있지만, 그녀의 대답은 교주의 명령과 다르지 않았다.

"부르셨습니까!"

"황궁으로 지금 당장 떠날 채비를 하거라!"

"지금 당장 말입니까?"

"그렇다. 지금 당장! 호호호호!"

교주는 그런 요랑의 목소리를 듣고 자신의 방 안에서 조용

히 미소를 지으며 이후의 일을 생각하였다.

황충모와 명교의 계약!

교주는 결코 황궁을 포기하지 않았다. 포기할 수도 없고 포기하지도 않았다.

명교의 밤은 요랑이 황궁으로 떠나는 요란스러운 마차 소리와 함께 서서히 저물어 가고 있었다.

—이원생

"푸에취!"

쿵, 젠장. 겨울에 감기라니, 어울리기는 하지만 결코 반갑지 않은 손님이군.

나는 손으로 흐르는 콧물을 닦아내며 발을 동동 굴리면서 집무실에 있는 화로로 다가갔다.

포관으로 출근할 때부터 재채기와 콧물을 흘려대니 추 소저가 걱정하면서 뜨거운 매실차를 주전자에 타서 화로에 올려두며 말했다.

턱.

치이익.

"하루 종일 집무실에만 있다가 곧장 퇴근하시면서 감기는 어디서 얻어온 거예요?"

차가운 주전자가 뜨겁게 달궈진 화로 위에 놓이자 지글거리는 소리를 내면서 수증기를 내뿜었다.

나는 추 소저의 말에 콧물을 훌쩍거리며 답했다.

"훌쩍. 제가 논다고 생각하시면 곤란합니다. 엄연히 저도 하는 일이 있습니다."

내가 만날 노는 줄 아나 보다.

솔직히 말하자면 노는 것도 일인 게 내 신조이긴 하지만.

별로 신빙성 없는 나의 대답은 추 소저에게 먹히지 않았다.

추 소저는 입술을 씰룩거리면서 나에게 따뜻한 매실차 한 잔을 따라주며 말했다.

쪼르륵.

"피이, 포두님이야 맨날 말은 그렇게 하시죠. 하지만 보는 사람 입장에서는 그게 아니지요."

나는 추 소저의 핀잔에 입을 다시면서 찻잔을 받아 들고 말했다.

"쩌업. 그렇게 보인다면야 뭐. 후르릅."

따뜻한 매실차를 마시자 속이 데워졌는지 흐르는 콧물이 좀 줄어드는 것 같았다.

후우, 이제 좀 살 것 같네.

추 소저는 안색이 한결 나아진 나의 모습을 보면서 화로에 장작을 몇 개 더 넣고 나가면서 말했다.

"점심때는 감기에 좋은 걸로 솜씨 좀 부려볼게요."

"하아, 역시 추 소저밖에 없습니다."

"말이라도 고마워요. 그럼 쉬세요."

요즘 들어 생각하면 추 소저도 뭔가 많이 변한 것 같기는 하다.

이제 완전히 이현 옆에서 안정을 찾은 건지 인상 자체가 밝아졌다고 해야 하나?

불과 몇 달 전까지만 해도 포관 이외의 사람과는 별로 접촉도 없고 말도 없었다.

그러나 지금은 장하현 시장에서 거의 모르는 사람이 없을 정도이니 내면적으로 많은 변화가 있다고 봐도 무방할 것 같았다.

"푸에취!"

큭! 젠장. 이놈의 감기는 왜 걸려가지고. 내 속에 있는 그놈은 감기는 못 막나?

극독이나 그런 건 잘 막아주면서 왜 이 하찮은 감기 따위는 못 막는 거야.

내가 감기가 걸린 이유는 술 먹고 아무 데서나 누워 잔다거나 그래서가 아니다.

요 며칠 계속 운씨 자매의 동향을 파악하기 위해서 현청 지

붕 위에서 살다시피 해서 그런 것이다.

맹 포졸이 얼마나 운씨 자매를 괴롭히는지도 알아봐야 할 것이고, 현청 사람들이 운씨 자매를 어떻게 생각하는지도 알아봐야지 대충 무언가 파악이라도 가능해서 말이다.

그리고 각고의 노력 끝에 결과와 결론을 얻었는데 이놈의 감기도 그만 같이 얻었다.

쓸데없이.

크흥.

나는 코를 홱 풀고 나서 그간의 사태에 대해 정리하기 시작했다.

맹 포졸이 현청에 보고를 오는 날은 정해져 있었다.

그 시간과 날짜를 알았으니 거기에 맞춰서 현령을 설득하면 될 것이다.

현령을 설득하는 일은 예린 소저가 책임지기로 하였으니 내가 섣불리 설치지 않아도 될 것이다.

현청에 근무하는 사람들도 운씨 자매에 대한 동정심이 가득하니 이제 날인만 받으면 일은 일사천리로 진행될 것이다.

자, 그러면 오늘부터 슬슬 일 처리를 시작해 볼까나?

감기가 그렇게 심한 편은 아니어서 그럭저럭 움직일 만하였다.

무공으로는 천하에서 손꼽히는 나도 감기는 이기지 못하

니 역시 사람은 자연을 이길 수가 없나 보다.

나는 서서히 일어나 몸을 풀고 나서 두껍게 옷으로 싸매고 현청으로 향했다.

점심을 먹기 전에 일 처리를 해놓기 위해이다.

자리를 털고 집무실 밖으로 나가니 추 소저가 쌓인 눈을 쓸고 있던 빗자루를 멈추고 물었다.

"어? 나가세요?"

"아, 점심 먹기 전에는 들어올 것이니 걱정 마십시오."

"그래도 감기가 심하게 들었는데 좀 쉬시는 게……."

추 소저의 목소리에 진정으로 걱정하는 마음이 담겨 있다.

감동이다. 흐흑.

집에서도 쓸데없이 감기 걸렸다고 욕먹었는데 생판 남인 추 소저가 챙겨주다니. 크흑.

감동에 젖어 추 소저에게 한마디 하려는 순간 이현이 등장했다.

"아아, 추 소저의 마음씀씀이에 감……."

휙.

"어머? 왜 나오셨어요? 뭐, 필요한 거라도 있으세요?"

"아, 그저 잠시 바깥바람 좀 쐬려고 나왔습니다. 그런데 추 소저는 왜 추운데 눈을 쓸고 있으세요. 군필이 녀석 시키시지."

"그분은 지금 포구에 쌓인 눈 치우러 장씨 형제분들이 끌고 가셔서요."

"하아, 추 소저의 옥수(玉手)에 찬바람이라도 들어가면 제 마음이 아프지 않습니까. 이런 건 군필이 녀석 들어오면 시키면 됩니다. 자, 이리 오셔서 제 안에서 손 좀 녹이세요."

"아이, 몰라요."

이놈의 포관은 감동이 없다.

내 존재는 까맣게 잊었는지 연애질에 심취한 이현이 놈을 째려보고는 입맛을 다시고 포관을 나왔다.

언제부터 지들이 눈 맞았다고 벌써 알콩달콩이야.

나 없었으면 연애는커녕 추 소저는 무림맹으로 돌아가고 이현이 놈은 징징 눈물만 짤 텐데.

내 덕인 줄도 모르고 저것들이 이 춥고 쓸쓸한 겨울에 보는 것만으로도 사람 옆구리 시리게 하다니.

천벌 받을 놈들.

괜스레 오전부터 못 볼 꼴을 보아 심기가 불편해 털레털레 걸어 현청에 도착했다.

인상을 찌푸리고 현청 정문으로 들어서자 문을 지키는 포졸들이 수월하게 통과시켜 주었다.

음, 이거 기분이 묘하군. 내 얼굴이 뭐 어떻다고 이런 반응들인 건지.

현청에 들어서서 제일 먼저 예린 소저가 위치한 현청 서고 쪽으로 갔다.

현령을 어떻게 설득했는지도 궁금하였고 무엇보다 예린 소저의 얼굴을 보는 게 좋았으니.

크흠. 누가 듣는 것도 아닌데 괜스레 그 생각만 하면 부끄럽네. 흠흠.

나는 인상을 풀고 옷매무세를 정돈한 후 예린 소저의 서고로 들어갔다.

자! 기합 넣고! 한숨 내쉬고!

"후-우-우! 후흡!"

자신감 충만하게 서고 문을 두드렸다.

똑똑.

후-우후우! 넌 해냈어! 원생아, 드디어 네가 여자를 찾아가도 퇴짜를 맞지 않아!

인기척을 내자 안에서 비단결 같은 고운 목소리가 들려오는 것이 느껴졌다.

"이 포두님이신가요?"

목소리에도 향기가 따라 나오는지 그렇게 달콤할 수가 없다.

나는 떨리는 심장을 부여잡고 간신히 당당한 목소리로 말했다.

"아, 아, 예!"

자신감을 가지라니까.

어후. 왜 떨고 그러니, 내 목소리야.

너, 예린 소저 많이 만나봤잖아. 떨 것 없어. 그녀도 사람인데 왜 네가 이렇게 긴장해야 돼.

달달달.

그러나 내 손은 내 뇌를 거부하였다.

이윽고 예린 소저가 다가오는 소리가 들렸다.

그리고 서고 문이 열리며 나를 맞이해 주는 그녀의 얼굴이 보였다.

덜컥.

끼이익—

"어서 오세요, 포두님. 그렇지 않아도 기다리고 있었어요. 후훗."

밝은 얼굴로 나를 맞이해 주는 예린 소저의 모습에 나는 흐뭇하게 웃으면서 최대한 담담한 목소리로 대답하였다.

"사, 사랑… 컥! 아닙니다. 가, 감사합니다. 드, 들어가도 되겠습니까?"

순식간에 뭔가 튀어나올 뻔했지만, 다행히 예린 소저가 알아듣기 전에 잘 수습하였다.

예린 소저는 생뚱맞은 표정을 지으면서 나에게 물었다.

"예? 무슨 말을……?"

"아, 아닙니다. 하하! 그저 말이 잠시 엉켰을 뿐입니다."

"후후, 포두님도. 자, 들어오세요."

"아, 예. 그럼."

나도 이런 버릇 좀 고쳐야 하는데 말이야. 가족 빼고는 여자들 앞에서 긴장하는 버릇 말이다.

예린 소저는 서고의 안쪽으로 나를 안내하고는 한구석에 마련된 의자를 나에게 내밀며 말했다.

"앉으세요. 그리고 조금만 기다려 주세요. 차라도 좀 내올게요."

"그러실 필요까지는 없는데."

"그래도 손님이신데 이 정도도 못 해드릴까요. 금방 내올 테니 걱정 마세요."

예린 소저는 눈을 찡긋거리며 서고 한편에 마련된 조그만 탁자에서 차와 간단한 다과를 꺼내 이리저리 차림을 하였다.

나는 그 모습을 지켜보면서 주변을 둘러보았다.

정말 아찔하게 정리되어 쌓인 책들이 서고라고 불리기에 손색이 없을 정도였다.

나라면 책으로 자리를 깔아놓고 베개 삼아 잠을 청했을 텐데 정말 책을 좋아하는가 보군.

달칵.

"책이 좀 많죠? 헤헤."

어색하게 웃으면서 내 앞에 찻잔을 내려놓으며 예린 소저가 말했다.

나는 궁금해서 물었다.

"이 책을 다 읽으시는 겁니까?"

"읽은 것도 있구요, 아직 다 못 읽은 것도 있구요."

"아아."

"다 읽어보려고 노력 중이지만, 아마 평생 읽어도 다 못 읽을 거예요. 후후."

저는 평생에 한 권이면 충분할 것 같습니다.

예린 소저는 흐뭇하게 웃으면서 자신의 자리로 돌아가 앉았다.

나는 주변의 광경을 몇 번 더 훑어보고는 여기 온 목적에 대해서 하나둘씩 풀어 놓기 시작하였다.

가볍게 차를 마신 뒤 예린 소저에게 물었다.

후릅.

"현령님을 설득하시느라 애 많이 쓰셨지요?"

예린 소저도 나를 따라 다소곳하게 차를 마시면서 대답하였다.

그녀의 눈빛이 평온한 것으로 보아 현령을 설득시키는 것에 성공했나 보다.

"말 그대로예요. 정말 애 많이 먹었어요."

예린 소저의 장난기 어린 눈이 성공의 확신을 주었다.

나는 지체없이 웃으면서 말을 이어나갔다.

"감사합니다. 이 은혜, 나중에 두둑이 갚겠습니다. 또한 운 씨 자매도 매우 고마워할 것이구요."

"그럼요. 당연하지요. 언제 포두님 친우 분들과 모여서 술을 사셔야지요."

저희 둘만 따로 오붓하게 마시면 안 될까요?

그 녀석들이 끼게 되면 전 다른 의미로 죽는데.

후우, 어쩔 수 없지. 고생시킨 대가가 이 정도면 싸게 먹히는 거지.

나는 난감한 얼굴로 고개를 끄덕거리면서 승낙해 버렸다.

"하아, 제가 나중에 시간을 따로 잡겠습니다."

"정말이요? 정말이시지요? 후후. 그 말 잊으면 안 돼요?"

"제가 누군데요. 하아! 한데 현령님을 설득시켰으면 저한 테 줄 것이 있을 텐데요?"

"후후, 이건 포두님이 만약 승낙을 안 해주시면 최후의 방법으로 쓸 것이었는데. 자, 여기요."

스윽.

예린 소저는 나에게 한 개의 서신을 내어주었다.

서신은 선명하게 현령의 낙인이 찍혀 봉인되어 있었다.

나는 이 서류의 진위를 확인하기 위해서 서신을 들고 예린 소저 뒤편에 있는 창가로 다가갔다.

그리고는 햇살에 비추어 적힌 글자를 유추해 보았다.

보통 공문서의 경우 습기와 물에 젖어서 못 쓰게 될 경우를 방지하기 위해서 한지에 기름을 적셔 말려서 사용한다.

더군다나 이처럼 한지의 색깔이 백색인 경우 햇빛에 비춰 보면 글자의 모양이 나오기 때문에 대충 어떤 내용인지 알 수 있는 것이다.

나의 그런 모습을 보고 예린 소저는 짧은 감탄의 소리와 함께 말했다.

"와아, 그런 방법이 있었네요?"

이런 소리를 들으니 괜히 우쭐해지는군. 흠흠.

나는 별것 아니라는 듯이, 또한 마치 당연하다는 듯한 행동으로 답해주었다.

"하하, 뭐 이런 걸 가지고 그러십니까."

"후후, 신기해서요. 내용은 틀림없을 거예요. 어제 제가 현령님 옆에서 쓰는 것을 보고 봉인도 제가 했으니까 말이에요."

이런, 괜히 의심하는 모습을 대놓고 보여 버렸네.

"아, 이런. 의심하려고 했던 건 아닌데."

"아니요. 괜찮아요. 보통 사안도 아닌데요. 확인해 보시는

게 당연하지요."

이해해 주는 예린 소저의 말에 안심하고 다시 자리로 와서 앉았다.

이윽고 자리에 앉자마자 예린 소저의 물음이 이어졌다.

"하면 무림맹으로는 언제 떠나실 건가요?"

"한시가 급하니 당장 내일이라도 출발한 예정입니다."

"고생이 많으시네요. 운씨 자매와 무슨 관계가 있는 것도 아닌데 말이에요."

관계가 없는 것도 아니지. 정육이 일단은 내 밑에 있는 사람이니 말이다.

나는 예린 소저에게 머리를 긁적거리면서 수줍은 듯이 말했다.

"그래도 사람 살리는 일이지 않습니까. 관계를 따지면 안 되죠."

이런 이야기를 괜히 멋있게 보이려고 말하니 쑥스럽다.

그래도 이번 기회에 예린 소저에 잘 보여야 점수라도 따지.

나의 말에 갑자기 예린 소저의 눈에 눈물이 그렁그렁한 맺힌다.

어어, 왜 이래, 이거? 왜 갑자기 울음을?

"아, 아, 소, 소저, 갑자기 눈물은 왜?"

"흐흑! 포두님은 이렇게 열심히 구하려고 하는데 저는 아무것도 못해서요. 흐흑!"

"아닙니다, 소저. 지금껏 이런 도움만으로 굉장한 도움이 되었습니다."

"아니에요. 흐흑. 언제나 저는 바라보기만 했지요. 제 앞날만 생각하고. 흐흐흑."

당황에 당황이 더해지니 정신이 없다. 여자의 눈물이란 도저히 어떻게 해볼 수 없는 불가항력적인 공격이다.

난 어쩔 줄 몰라 하며 예린 소저를 안심시켜 주기 위해 별의별 말을 다 꺼내놓았다.

"아니, 그게 정말 대단하신 일이라니까요. 만약 소저가 이것을 현령님으로부터 받아내지 못했다면 꼼짝없이 운씨 자매는 쓸쓸히 숨을 거두었을 겁니다. 이 한 통의 서신으로 인해서 운씨 자매가 지금의 생활보다 얼마나 더 좋아질 건데요."

장황하게 늘어놓았으나 무슨 소리가 내 입에서 나온 건지 모르겠다.

일단은 예린 소저의 눈에서 눈물은 나오지 않게 만들어야 하지 않겠는가.

그래도 나의 말이 어느 정도 먹혔는지 예린 소저는 눈물을 흘리다 말고 나를 쳐다보며 울먹거리는 목소리로 말했다.

"흑흑흑. 저, 정말요?"

"물론입니다! 제가 언제 틀린 말 했습니까!"

"흐흑. 정말 그럴까요?"

"예, 정말입니다. 저만 믿으십시오. 운씨 자매는 예린 소저 때문에 목숨을 구하게 된 겁니다."

틀린 말은 아니지만 왠지 필요 없는 다짐까지 하게 만드는군.

하아, 이거 만약 검황이 날인을 해주지 않겠다고 버티면 패서라도 받아내야겠어.

나는 예린 소저를 간신히 진정시키고 나서 운씨 자매를 부탁한다는 말과 함께 현청을 빠져나왔다.

그리고 바로 포관에 들러 추 소저가 차려준 점심을 먹은 다음 정육을 집무실로 불렀다.

정육은 집무실에 들어서자마자 대뜸 물었다.

"무슨 수가 생긴 것이오?"

녀석의 물음에 나는 품에서 서신 한 장을 꺼내 들며 의미심장하게 말했다.

"수가 생겼다. 그리고 너는 내일 당장 떠날 채비를 하고 마차 한 대를 빌려와라."

나의 말에 녀석은 눈빛이 돌연 변하더니 재차 물었다.

"그게 무슨……?"

"운씨 자매는 현청의 믿을 만한 사람에게 부탁해 놓았으니 안심해도 된다. 너는 내일 당장 나와 같이 무림맹으로 간다."

장하현에서 무림맹까지 족히 사나흘 거리.

내일 아침에 출발하면 얼추 여기까지 보름 전에는 올 것이다.

단호한 나의 말에 정육의 눈빛이 의구심에서 확신으로 접어들었다.

그리고 나에게 포권을 지어 보이며 말했다.

척!

"만약 그분들을 관기 신분에서 벗어나게만 해준다면 나 정육, 그대에게 목숨을 바치겠습니다."

이놈은 쓸데없는 데다가 목숨 바치려고 해.

나는 귀찮은 듯이 휘휘 손을 저어 보이고는 정육이 놈에게 말했다.

"시끄럽고, 내일 갈 채비나 해서 마차 끌고 오도록. 이만 끝."

"알겠소이다!"

정육이 놈의 말을 들은 체 만 체하고는 화롯불에 엉덩이 붙이고 앉았다.

어후, 따뜻하다.

이런 기분 내일부터는 안녕이겠군.

그런데 왠지 이상한 기분은 왜일까? 뭐가 이리 꺼림칙하지?

"푸에취!"

쓰읍. 누가 내 이야기하나?

第四章

무림맹으로 가기 하루 전날,

왠지 모를 불길함이 가득한 길이 될 것 같은 예감을 간직한
채로 다음 날이 찾아왔다.

나는 어머니와 누나, 형에게 며칠 외근(外勤)을 간다고 하
고 길을 나섰다.

현청에는 예린 소저가 외근으로 말을 해놔서 별말이 없었
지만, 포관에 들러 정육과 같이 외근 나간다고 하자 이현이
죽는 소리를 해대며 덤볐다.

"안 됩니다! 그렇지 않아도 모자란 인원수로 얼기설기 근

무를 서고 있는데 정육까지 빼가면 어찌합니까!"

"축소 근무하면 되잖아. 나 저번에 삼 일 정도 빠졌을 때는 어떻게 근무했는데?"

"어차피 포두님이야 일을 안 하시니 있으나마나 하지만 정육 저 친구는 아닙니다!"

중원의 평화를 지키고 왔는데 이현에게 이딴 소리를 들으니 왠지 울컥하네.

하지만 난 녀석의 불만을 조용히 씹어 삼키고는 말했다.

"정육아, 가자. 이러다가 늦겠다."

"예."

정육이 놈이 끌고 온 마차로 느긋하게 걸어가자, 내 뒤로 이현의 말도 안 되는 협박이 들려오는 게 아닌가.

"으아아악! 정육은 놓고 가십시오! 그렇지 않으면 여기서 혀 깨물고 죽겠습니다!"

네가 추 소저를 두고 죽을 수 있다고? 말도 안 되는 소리다.

나는 이현의 목소리는 들은 체 만 체하고 내 옆에서 걷고 있는 정육에게 말했다.

"그래도 용케 내 말을 들었네? 난 경공으로 뛰어가자는 소리가 나올 줄 알았더니."

무림맹까지 날 업고 경공으로 뛰어가고픈 심정일 것이다.

그런데도 그 마음을 삭이고 침착하게 생각한 녀석을 칭찬

해 주었다.

그러자 녀석은 굳은 얼굴을 하고 말했다.

"그분들을 구하기 전에 얼어 죽기는 싫소이다."

"알긴 아는군."

아무리 무공이 고강하다고 해도 이 추운 날 경공으로 먼 거리까지 이동한다면 내공의 소모도 소모겠지만 문제는 그 이후이다.

체력과 내공이 소모된 채로 길이라도 잘못 들어서 봐라, 얼어 죽기 딱 좋을 것이다.

나는 느긋하게 마차 뒤의 넓은 부분에 내가 가져온 두꺼운 이불을 깔았다.

그러자 녀석은 당연하단 듯이 마부석으로 가서 고삐를 잡았고, 내가 준비가 끝나기를 기다렸다.

마치 내가 이럴 것을 안 것처럼 말이다.

내가 그렇게 예측하기 쉬운 사람인가?

뭐, 그간의 행동을 봤을 때 충분히 그러겠지만, 이렇게 당연하다는 듯이 나오면 조금 머쓱해지는데 말이야.

나의 이런 마음을 아는지 모르는지 정육은 아무렇지도 않게 마차 안을 보지도 않고 나에게 물었다.

"출발해도 되겠소?"

내가 뭐라고 말하겠나. 그냥 가라고 해야지.

"가세나. 무림맹으로."

그렇게 나와 녀석의 무림맹으로의 행보가 시작되었다.

—남궁가, 명교, 그리고 황충모

황충모는 자신의 풍성한 흰 수염을 쓰다듬으며 점잖게 앞에 있는 두 장의 서신을 보았다.

하나는 명교에서 보내서 온 것이고, 또 하나는 남궁가의 황궁에서의 동태를 분석한 서신이다.

특이하게도 황충모는 승상의 지위에 있지만 황궁에서 생활하지 않고 자신의 장원에 기거하며 일을 처리하였다.

그 이유는 외부적으로는 황궁의 일에 관여하지 않고 승상의 지위에서 맡은 바 일만 하겠다는 우국충정(憂國衷情)에 따른 것이다.

그러나 속사정은 전혀 달랐다.

황실과 조정에 명패를 내밀 힘도 세력도 부족했던 것이 바로 그것이다.

승상의 지위에 있으면 뭐하겠는가.

고무만이 좌승상일 때 황충모는 황궁에 얼굴조차 들이밀지 못할 정도로 세력이 전무하다시피 했다.

그러나 고무만이 속절없이 천중상에게 죽임을 당하자 이제껏 고무만의 편에 섰던 조정 중신들이 황충모에게 붙었다.

그것은 어찌 보면 당연한 일이었다.

지금 자신들을 천중상의 칼날 아래에서 보호할 수 있는 이는 황충모밖에 없다고 판단한 것이다.

하루아침에 자신이 권력의 중심에 있는 상황.

황충모는 그러한 상황을 유연하게 대처하면서 고무만이 죽은 직후부터 지금까지 차분하게 고무만의 세력을 흡수해 왔다.

남궁가의 동태는 예전부터 주의 깊게 지켜본 터라 자연스럽게 명교의 서신보다 남궁가의 동태에 대한 서신 먼저 펼쳐 보았다.

사락.

서신을 펴고 쭈욱 읽어 내려가던 황충모는 자신의 눈에 걸리는 것이 많음을 느꼈다.

황충모는 겨울의 서늘하고 조용한 아침임에도 불구하고 나이에 비해 아직도 강경한 목소리로 밖을 향해 외쳤다.

"지금 당장 호조판서를 불러오도록 하여라!"

"알겠사옵니다, 승상!"

서신의 내용이 황충모의 심사를 불편하게 만든 것이 분명하였다.

황충모의 말 한마디에 나라의 모든 문건을 담당한다는 호조판서가 모습을 드러내었다.

예전의 황충모 자신의 입지로는 있을 수도 없는 일.

그러나 지금은 황궁에서 떨어진 자신의 장원으로 누군가를 부른다면 그 누가 되었든 입에 게거품을 물더라도 찾아와야 하는 것이 황충모의 현재 입지이다.

호조판서는 헐떡거리는 숨을 고르고 승상에게 자신이 왔음을 알렸다.

"호조판서 유무상이 승상께 인사 올립니다."

"들어오라."

끼이익.

유무상은 들어서자마자 고개를 조아리며 황충모에게 말했다.

"안녕하셨습니까, 승상."

기본적인 인사였지만 황충모는 고개를 젓고는 말했다.

"인사는 되었네. 앉게나."

무뚝뚝한 황충모의 성격은 익히 아는 터라 유무상은 조용히 자리에 앉았다.

유무상이 자리에 앉자 황충모는 자신의 앞에 놓인 서신을 손가락질하며 매우 신경 쓰인다는 듯이 말했다.

"이게 무엇인가, 지금?"

"무슨……?"

"자네가 직접 보게나."

황충모의 말에 유무상은 그가 가리킨 서신을 유심히 들여다보았다.

서신에는 남궁가의 세력들이 속속 고관대작의 자리를 하나씩 차지하고 있다는 내용이 적혀 있었다.

그러나 유무상도 이것은 어찌할 수 없었다.

인사 관리는 예조판서에서 맡고 있는 상황이 아닌가.

황충모가 말하는 뜻은 알겠으나 자신이 해야 할 말이 마땅치가 않았다.

"그, 그것이……."

"현재 예조판서에 있는 사람이 누군가?"

"서문식 대감입니다, 승상."

"그렇다면 이 서신의 내용으로 볼 때 예판이 남궁세가 쪽으로 넘어간 것이 맞겠군."

"하, 하지만 이 내용만으로는 확실치가……."

쾅!

황충모는 탁자를 손으로 내려치며 유무상에게 따지듯이 말했다.

"내 분명히 강호무림에 연루된 자는 그 누구를 막론하고 조정에 등용치 않겠다고 말하였네! 한데 지금 예판의 인사는 내 말을 부정하는 것!"

"하면은 어찌하실……."

"황제 폐하께 주청을 드리게! 지금 당장!"

황충모의 말에 유무상의 이마 골이 깊게 파였다.

'도대체 어디에 줄을 대야 살아남을 수 있을는지.'

유무상의 생각은 현재 조정의 거의 모든 벼슬아치의 생각과 같을 것이다.

천중상은 독자적인 세력이 있어서 어떻게 줄을 대기가 불가능하였다.

하지만 황제 쪽은 너무 위험부담이 컸고 황충모의 뒤에 붙자니 이것은 막무가내였다.

고무만의 세력을 흡수하기는 했지만, 너무나 노골적으로 자신의 사람으로 채우려고 했다.

그러다 보니 오히려 그것이 반발 작용이 일어 남궁가의 세력을 불려주는 꼴이 되지 않았는가.

이도저도 되지 않는 상황에서 중립을 지키다가는 언제 목이 날아갈지 모르는 정치 싸움에서 너무나 악조건을 만난 대소신료들이었다.

황충모는 아무런 대답을 못하고 우물쭈물 서 있는 유무상에게 버럭 외쳤다.

"지금 뭐 하고 있는 것인가! 당장 대소신료들을 모아 황상

께 가지 않고!'

연이어 노한 목소리를 울려대는 황충모의 말에 유무상은 그저 고개만 연신 조아릴 뿐이었다.

"그, 그게……."

굽실굽실.

말까지 더듬으며 말하는 유무상의 모습이 딱할 지경이다.

그러나 황충모는 그러한 것에 관계없이 딱 잘라 대놓고 말했다.

"뭐가 그렇게 망설여지는 것인가! 설마 자네도 남궁가에 넘어간 건가?"

청천벽력 같은 황충모의 한마디에 유무상은 화들짝 놀라며 기겁해 손사래를 쳤다.

"아, 아니옵니다, 승상! 믿어주시옵소서! 저는 오로지 승상의 편입니다!"

"그럼 어째서 내 명을 듣고도 갈팡질팡하는 것인가?"

목 끝에 칼날이 걸리면 딱 이런 기분일 것이라고 생각하는 유무상이다.

그러나 위급함에 빛이 보인다고 하지 않던가.

유무상의 머릿속으로 기막힌 생각이 불현듯 스쳐 지나갔다.

그는 지체없이 고개를 숙이고 황충모에게 말했다.

"스, 승상, 제, 제가 자리를 뜨기 전에 한마디 올려도 되겠습니까?"

"무언가?"

신경질적인 황충모의 말에 유무상은 겁을 먹었지만, 침을 한번 삼키고는 말을 이었다.

꿀꺽.

"솔직히 말씀드리자면 고작 저희 중신들이 주청을 올려보았자 예판의 인사는 바꾸기 힘들 것입니다, 승상."

"그래서?"

"그, 그래서 저희 중신들이 힘을 모으고 승상께서도 함께 힘을 모아 같이 주청을 드린다면 승산이 없지는 않을 것입니다."

한마디로 해석하자면 혼자 죽기는 싫다는 말이다.

호조판서 직책이 큰 힘이 있는 것도 아니고, 다른 조정 중신들도 지금은 몸을 사려야 할 때라고 알고 있다.

자신이 승상의 말마따나 황제에게 주청을 드린다고 해서 몇 명의 중신이 따라오겠는가?

기껏해야 황충모의 사람밖에는 없을 터.

더군다나 예판이 남궁가의 사람이 되었다면 남궁가는 가만히 있겠는가?

예조판서 자리가 어떤 자리인가. 조정 대신들의 인사를 담당하는 부서가 아닌가.

나라의 군권을 책임지는 병조판서와 쌍벽을 이루는 권력을 남궁가에서 호락호락 포기하겠느냐는 말이다.

유무상도 일단 생각나는 대로 이야기는 하였다. 이제 황충모의 선택만이 남았다.

황충모는 유무상의 이야기를 조용히 생각하였다.

'황실과 조정의 인사를 담당하는 예조판서를 쉽사리 남궁가에 넘겨줄 수는 없는 일. 그러나 만약 내가 전면에 나선다면 황제의 견제가 만만치 않을 터.'

황충모도 생각은 없지 않았다.

유무상처럼 간에 붙었다 쓸개에 붙었다 하는 사람의 주청으로는 소용이 없을 거라 예상은 하고 있었다.

그러나 자신이 나서게 된다면 황제는 분명히 자신을 압박하려고 들 것이다.

고무만처럼 말이다.

'그렇게 된다면 사상누각(砂上樓閣)에 불가한 나의 세력에 동시에 두 개의 적이 생기게 되는 누를 범할 수도 있는 일.'

겨우 몇 달에 불과한 일이다.

빠른 속도로 흡수한다고는 했지만 그만큼 견고함은 없는 세력이다.

고심에 고심을 거듭하던 황충모는 물끄러미 또 하나의 서신으로 시선을 돌렸다.

명교.

황충모는 그 서신을 쳐다보고는 의미심장한 표정으로 유무상에게 말했다.

"자네는 일단 물러가 있게. 내 근시일 내에 다시 부를 테니 황궁에 가서 똑바로 처신하고 말일세. 내 말 알아듣겠나?"

무언가 다른 수가 보인 것을 직감적으로 알아차린 유무상이다.

자신이 아무런 능력도 없이 호조판서까지 올랐겠는가. 이런 눈치 하나는 정말 신도 따라올 수 없는 능력.

유무상은 즉시 대답하였다.

"알겠습니다, 승상. 당부하신 대로 잘 처리하고 있겠습니다."

"그래도 눈치는 있군. 크흠. 나가보게나."

"그럼."

끼이익.

달칵.

유무상은 조용히 고개를 조아리곤 그대로 물러났다.

황충모는 자신의 손에 들린 명교에서 온 서신을 뜯어 읽어보았다.

지직.

서신의 내용은 그리 길지 않았다.

읽기 전에 지레짐작으로 무슨 서신인지 감이 온 황충모였지만, 실상 읽어보자 비웃음이 먼저 입가에 떠올랐다.

"나 대신 고무만을 선택하고는 이제 와선 나에게 손을 내밀겠다? 허허."

황충모는 거칠게 명교에서 온 서신을 구겨 버린 후 생각했다.

'이번에는 얻어낼 수 있는 것을 모조리 다 얻어내 주마, 이놈들!'

어쩔 수 없이 그들을 선택해야 한다면 저번에 자신을 선택하지 않은 모욕을 다 씻어내겠다고 황충모는 굳건히 다짐하였다.

이윽고 황충모는 밖을 향해 외쳤다.

"여봐라!"

"예, 승상!"

"명교에서 온 손님은 도착하였느냐?"

"장원 문지기가 아무런 기별도 없는 것으로 보아 아직 도착하지 않은 듯하옵니다!"

"그렇다면 도착하는 대로 지체 없이 나에게로 모셔오도록 하여라!"

"알겠습니다, 승상!"

"후우우우."

부리는 사람의 대답을 들은 체 만 체하고 황충모는 깊은 한숨과 함께 조용히 눈을 감고는 천천히 머릿속을 정리하였다.

정숙한 아침.

황충모의 장원은 그렇게 조용하고 정숙한 아침을 이어가고 있었다.

명교의 요랑이 오기만을 기다리며 말이다.

第五章 一

남궁가의 아침은 분주하였다.

　화산파에 넘길 인사 자료를 수정, 보안해야 했고, 꼬투리를 잡히지 않도록 신경 써야 했다.

　화산파의 눈치를 보는 것은 아니지만, 향후에 말이 새어 나오지 않게끔 잘 정돈해야 할 필요성을 느낀 것이다.

　거기다가 황궁의 사안까지 신경 써야 하는 터라 지금 남궁세가의 모든 인원은 몸이 두 개라도 모자랄 정도로 사투를 벌이고 있었다.

　그 모습을 보고 남궁철은 덤덤하게 웃으면서 외쳤다.

"하하하! 저 왔습니다!"

쾌활하게 웃으면서 한 손을 들어 흔드는 남궁철에게 남궁가의 사람들은 만사가 귀찮다는 듯 말했다.

"바쁘니까 비켜요!"

"누구야? 나 어제도 밤새웠단 말이야! 시끄럽게 굴지 마!"

"으어어어! 이제 종이만 봐도 토악질이 나올 것 같아. 우어어어!"

그렇다. 그들은 사투를 벌이는 중이었다.

차기 가주 따위는 눈곱만큼도 관심이 없었다.

그 모습을 보고 남궁철은 어색하게 웃으며 들고 있던 손으로 뒤통수를 긁적였다.

"아하하, 사람들이 다 바쁘군."

무시도 이런 개무시가 없었다.

만약 이 광경을 외인대가 봤다면 울컥하여 난장판으로 만들었겠지만 지금은 그 혼자였다.

남궁철은 입맛을 다시면서 서류와 사투를 벌이는 사람들을 피해 조심스럽게 남궁호가 있는 곳으로 가서 문을 두드렸다.

똑똑.

"삼촌, 저 왔습니다."

남궁호는 잠시 의자에 기대어 눈을 붙이다가 남궁철의 목소리에 불현듯 깨어났다.

덜그럭.

"어, 어, 철이 왔느냐?"

한 치의 빈틈도 없던 모습만 봐오던 남궁철이기에 이런 남궁호의 모습은 새롭게 느껴질 법도 했다.

그러나 남궁철은 전혀 그런 느낌이 없는지 않는지 여전히 쾌활하게 웃으며 말했다.

"하하하! 저 왔습니다!"

"아, 그래. 으으윽!"

드드득!

남궁호는 목과 어깨를 이리저리 풀면서 남궁철을 쳐다보며 물었다.

"밥은 먹었느냐?"

"잘 먹었으니 걱정하지 마십시오! 하하하!"

거침없이 말하는 남궁철의 말에 남궁호는 슬며시 웃으며 한숨을 내쉬었다.

"후우우우. 그래, 먹었으니 다행이다."

"한데 무슨 일인 겁니까? 하하하! 이렇게 저를 다 부르시구요!"

궁금하면 참지 못하는 성격인 남궁철은 다짜고짜 남궁호에게 물었다.

남궁호는 고개를 끄덕거리며 말을 이어나갔다.

"다름이 아니라 외인대가 해야 할 일이 있어 이렇게 불렀다."

"하하하! 무엇입니까? 당연히 해야지요!"

묻지도 따지지도 않고 말하는 남궁철의 모습에 남궁호는 쓰게 웃음 지으면서 말했다.

"별일은 아닌데 할 수 있겠느냐?"

"남궁가의 일 중에 별일이 아닌 게 어디 있겠습니까! 하하하! 맡겨만 주십시오!"

가슴까지 텅텅 쳐가면서 말하는 남궁철의 모습에 남궁호는 자신의 책상 한쪽에서 무언가를 꺼내어 남궁철에게 건네며 말했다.

"자, 이걸 가지고 외당 부서를 담당하는 곳으로 가거라. 그러면 외인대가 할 일을 알려줄 것이다."

"하하하! 알겠습니다! 무림맹에서 처음 맡는 임무라니요! 이 남궁철, 최선을 다해 남궁가의 이름에 먹칠하는 일이 없도록 하겠습니다! 하하하!"

"그래, 넌 잘해낼 수 있을 것이다."

"저만 믿으십시오! 하하하! 그럼 전 가보겠습니다! 대원들이 저만 없으면 불안해하니 말입니다! 하하하!"

어떤 의미로 불안해하는지는 말하지 않았지만, 만약 부단주인 배명호가 이 말을 들었으면 칼을 빼 들고 덤벼들었을 것이다.

아무튼 의기 당당하게 남궁호에게 명령서를 받아 들고 남궁철은 외인대가 있는 곳으로 돌아갔다.

남궁호는 그 모습을 보고는 한숨을 내쉬면서 쓸쓸한 표정을 지었다.

누가 뭐라 해도 차기 가주인 남궁철이 아닌가.

아무리 희생이 필요하다고 해도 남궁철은 아닌 것 같다는 생각을 지울 수 없는 남궁호였다.

남궁철을 돌려보낸 남궁호는 앞에 쌓인 살인적인 업무량에 잠시 몸을 부르르 떨고는 차 한 잔 마실 틈도 없이 서류의 바다에 뛰어들었다.

"어디 보자. 황궁에 관련된 보고가 들어왔을 텐데."

뒤적뒤적.

서류더미를 뒤척이면서 자신이 잠시 눈을 붙이고 있는 동안 쌓인 서신들을 찾아보던 중 자신이 찾고 있던 서신을 발견하고는 빼내 들었다.

슥, 스윽.

"으음. 새벽녘에 도착했군. 이젠 나도 많이 늙었나 보군. 잠시 눈을 붙인다는 것이 사람 오는 기척도 느끼지 못하다니."

요 며칠 계속 늦은 밤까지 과중한 업무에 시달린 남궁호이다.

예전의 남궁호라면 몇 날 며칠 밤을 새워 공부할 수 있는 체력이었지만 지금은 그런 체력도 바닥이 났다.

남궁호는 쏟아져 내리는 아침 햇살을 등지고 서신을 천천히 읽어 내려가기 시작하였다.

와락!

덜커덩!

이윽고 서신을 다 읽은 남궁호는 갑자기 인상을 확 구기며 벌떡 자리에 일어나 밖으로 나가는 게 아닌가!

남궁철과 이야기했을 때의 부드러운 남궁호가 아니었다.

그의 얼굴은 심히 굳어 있었고, 발걸음 하나하나가 묵직한 소리를 내며 그의 심정을 대변하고 있었다.

남궁호는 자신의 부서에서 일하는 사람들을 향해 소리쳤다.

"오늘 새벽녘에 서신을 가져온 자가 누구던가?"

"……!"

"……?"

한창 바쁘게 일을 하고 있던 사람들은 남궁호의 외침에 하던 일을 멈추었다.

남궁철이 처음 들어와 인사를 건넸을 때와는 판이하게 다른 모습.

그들은 남궁호의 한마디 한마디의 집중하였다.

남궁호는 이 깊은 침묵을 깨면서 다시 한 번 외쳤다.

"명교의 감시 담당자를 즉시 나에게 올려 보내도록 하라!
그리고 황궁 관리를 담당하고 있는 자도 따라서 보내도록 하
라!"

"아……."

"저기……."

갑작스런 남궁호의 말에 부서 사람들은 어안이 벙벙해졌
다.

하지만 이어서 터져 나온 남궁호의 외침에 그들은 정신을
되찾았다.

"지금 뭐 하고 있더냐! 어서 빨리 엉덩이 들고 움직이지 못
할까!"

"아, 알겠습니다!"

"즈, 즉시 처리하도록 하겠습니다!"

남궁호는 자신의 부서 사람들이 부산하게 움직이는 것을
보고는 즉시 뒤돌아 다시 집무실로 향했다.

"명교 담당자 당장 호출하고, 오늘 서신 출납자들 누군지
보고서 작성해."

"아니, 이 사람은 도대체 어디로 간 거야? 뒷간이라도 간

거야?'

뒤에서 들려오는 사람들의 목소리가 남궁호의 귓가를 울렸다.

하지만 지금 남궁호의 생각은 온통 한 가지뿐이었다.

'명교에서 황충모에게 서신을 보냈다고? 그리고 곧이어 마차가 출발하였고? 이런 대범한 놈들을 보았나! 멀쩡히 남궁세가의 눈이 명교를 감시한다는 것을 제 놈들도 알 텐데!'

그렇다. 현재 물리고 물리는 상황을 감안할 때, 명교의 감시망도 황궁과 무림맹을 예의 주시하고 있고, 황궁과 무림맹, 특히나 남궁세가도 그랬다.

그래서 그 세 집단이 모두 다 큰 활동을 하지 않고 서로 눈치를 봐가면서 움직인 것이 아닌가.

한데 지금 명교의 움직임은 마치 자신을 봐달라는 듯 대놓고 움직였던 것.

이것이 의미하는 것은 오로지 한 가지다.

남궁호는 미간을 찌푸리며 생각했다.

'어떻게든 황충모와 선을 대겠다는 것이다. 이놈들이 드디어 칼을 빼 들었구나.'

명교에서 이미 고무만을 통해 칼을 빼 들었다는 것은 황궁에서도 몇몇만 아는 사실이다.

무림맹과 화산파, 남궁세가는 전혀 그 사실을 모르고 있었다.

자칫 이 사실이 새어 나가 명교의 침투를 막기 위한 명분으로 무림맹이 황궁에 손을 뻗칠 수도 있기 때문이다.

그 사실을 전혀 모르는 남궁호는 대놓고 명교가 드디어 발발하는 시발점으로 본 것이다.

'만약 황충모와 명교가 손을 잡게 된다면 이는 고무만 때처럼 닭 쫓던 개 꼴이 될 수도 있는 것. 절대 그러할 수는 없다. 절대!'

남궁호는 굳은 의지를 다시금 되새기며 즉시 대책을 세우기 위해 모든 전력을 기울였다.

발등에 불이 떨어졌다고 봐도 좋을 상황.

가만히 앉아서 당할 수는 없었다.

무림맹 안의 남궁세가의 아침은 예상 밖의 명교의 행보로 인해 그렇지 않아도 분주한 사람들을 더욱더 업무의 지옥으로 빠져들게 했다.

—이원생

덜컹!
우직!

마차가 한 번 위로 솟았다 내려앉더니 마차 어디 한곳이 부러진 모양이다.

정육 저놈, 분명히 일부러 그런 것일 것이다.

이 추운 날 저놈이 날 얼어 죽게 하려고 분명히 마차를 일부러 부순 것이다.

나는 죽일 듯한 눈빛으로 정육이 놈을 째려보았다.

그러니 그놈도 내심 찔리는 게 있는지 나와 시선을 마주치지 못하고 고개를 숙이며 말했다.

"미안하오."

"……."

그런 건 박력 있게 말하지 마, 이 죽일 놈아!

후우. 하긴 여기서 쓸데없이 흥분해 보았자 남는 것도 없지.

일단 어디가 부서졌는지 파악해 봐야겠군.

나와 정육은 장하현을 벗어나서 꽤 먼 거리를 마차를 타고 달려왔다.

한데 이놈은 마차를 끄는 솜씨가 매우 형편없어 자꾸 불안불안하더니 결국 이 지경으로 몰고 와버렸다.

나는 마차에서 주섬주섬 옷을 껴입고 나와 마차 밑으로 내려갔다.

툭.

사뿐.

제법 눈이 쌓여 있어 내 발이 움푹 들어가며 착지했다.

어디 보자. 바퀴는 의외로 괜찮은데. 어? 에이, 설마…….

차라리 바퀴가 부서졌다면 여분의 바퀴가 하나 있으니 바꿔 달면 그만이다.

한데 이게 뭐야? 하필이면 마차와 바퀴를 연결하는 곳이 부러지다니.

이건 재수가 없는 것이 아니라 재앙 수준이다.

아, 갑자기 어머니가 보고 싶네.

"마차를 몰아본 적이 몇 번 없어서 그렇소. 미안하오."

정육도 같이 마차에서 내려 나와 같이 부러진 곳을 보면서 난색을 표했다.

그래, 미안해해야지. 네놈 때문에 이 눈길을 걷게 생겼으니.

나는 한숨을 내어 쉬며 정육에게 말했다.

"후우. 너 답설무흔(踏雪無痕) 할 줄 아냐?"

뜬금없는 나의 물음에 녀석은 당연히 고개를 절레절레 저으면서 말했다.

"그런 경지까지는 오르지 못했소."

그래? 난 할 줄 아는데.

하지만 여기서 나 혼자 가면 이놈은 필시 경험 부족으로 얼어 죽겠지.

그런데 왠지 하는 짓 보면 그냥 얼어 죽이고 싶은 심정이다.

어후. 참자. 참아야 하는 법.

나는 고개를 끄덕이고는 모든 것을 체념한 채로 정육에게 말했다.

"그래, 알았다, 알았어. 걷자, 걸어."

"…미안하다 하지 않았소."

"어쩌라고! 시끄러워! 마차 안에 있는 짐이나 챙겨!"

"…알겠소이다."

그래도 제 잘못을 아는지 고분고분 내 말을 듣는 녀석이다.

녀석과 나는 마차에서 짐을 꺼내어 마차를 끌던 말 등에 올린 뒤 말과 함께 걷기 시작하였다.

아무래도 다음 마을에서 마차는 다시 얻어야 할 것 같다.

나는 녀석과 터벅터벅 눈길을 헤치면서 걷기 시작하였다.

저벅저벅.

뽀드득뽀드득.

햇빛이 비추지 않은 산길이라서 그런지 눈이 거의 녹지 않았다.

이럴 때는 비스듬히 밟아줘야 발이 쉽게 눈에서 빠져나와 다음 발걸음이 수월하다.

군문에 있을 때는 행군을 밥 먹듯이 하던 나다.

겨우 이따위 눈길과 산길을 걷는데 경공 따위는 필요 없었다.

나는 정육이 놈을 생각지도 않고 거침없이 걸어서 앞을 터주었다.

그러자 녀석이 내 뒤에서 나를 부르며 말했다.

"자, 잠시만 기다려 주시오!"

그 도도하던 자존심은 어디다 뒀냐?

하긴 네놈이 이미 운씨 자매 일을 나에게 맡길 때부터 자존심 따위는 버렸겠지만.

녀석의 말에 뒤를 돌아보니 저 멀리서 나에게 손짓하고 있다.

역시 멍청한 놈은 몸이 고생한다더니.

난 녀석에게 큰 소리로 외쳤다.

"야, 이 멍청한 놈아! 내가 밟은 곳 그대로 따라오면 될 거 아니야!"

"아, 아!"

정육은 허겁지겁 나의 말대로 내가 밟은 곳을 따라 나에게 다가오기 시작하였다.

정말 나 없었으면 이놈은 얼어 죽기 딱 좋은 놈이다.

아무리 무공이 고강해 봐야 자연은 이길 수 없는 법.

최소한의 생존 방법조차 익히지 못한 강호인은 그저 반쪽짜리일 뿐이다.

나는 그 사실을 다시 내 머릿속에 상기시키면서 혀를 찼다.

정육은 거침없이 앞으로 걸어가는 내 모습을 보고 의문이 생겼는지 힘겹게 쫓아오며 물었다.

"혁, 허억! 무, 무공을 익힌 것이오?"

뭐라고 답해야 하나?

흠. 굳이 알아서 좋을 것은 없겠지.

"아니."

짤막하게 대답해 주고는 계속 걸어나갔다.

"어, 어째서 지치지 않은 것이오? 후욱후욱!"

정육은 뭐가 그렇게 궁금한지 계속해서 물어왔다. 걷기 바빠도 궁금한 건 어쩔 수 없나 보다.

난 녀석에게 잠시 쉴 틈도 줄 겸 해서 잠시 걸음을 멈추고 주변의 눈을 밟아 엉덩이 붙일 곳을 다지기 시작하였다.

어느 정도 자리가 마련되자 나는 짐을 뒤적거려 소가죽을 덧댄 넓은 포대를 꺼내어 다진 자리에 깔았다.

이러면 잠시 쉬는 동안 옷을 젖는 것도 방지하고 아래에서 한기가 오는 것도 막아줄 것이다.

"후욱후욱."

녀석은 계속해서 숨이 차는지 호흡이 거칠었고, 연신 뜨거운 입김을 불어대었다.

나는 녀석을 안쓰러운 눈으로 쳐다보고는 말했다.

"앉아. 이럴 때는 잠시 쉬는 게 좋지."

풀썩.

내 말이 끝나기도 전에 그놈은 내가 깔아놓은 자리에 털썩 주저앉았다.

별로 걷지도 않았는데 저렇게 지친 모습을 보여주다니 체력은 내공만큼 키우지 못한 모양이군.

나는 고개를 설레설레 저으면서 다시 짐을 뒤적거려 육포와 주전자를 꺼냈다.

그러자 녀석은 나의 이런 모습에 지친 와중에도 불구하고 입을 열어 물었다.

"사, 사방이 눈인데 불은 어떻게 피우려고 그러오? 후욱후욱."

"모르면 잠자코 쉬세요."

대꾸하기도 귀찮았다.

마차를 부숴먹은 놈이 이렇게 또 발목을 잡는 것이 께씸하기도 했다.

하지만 더욱더 나의 심기를 불편하게 만드는 것은 예린 소저와 어떻게 한 번 엮어볼까 하는 시기에 이런 민감한 사항을 내가 직접 예린 소저에게 부탁했다는 것이다.

쓰읍. 내 연애사 망치면 네놈이 책임져라.

온통 사방이 나무라서 그런지 땔감 찾기는 쉬웠다.

겨울에는 눈이 많은 탓에 그런지 불을 만들어내기가 어렵다는 사람이 있다.

하지만 경험자들은 안다. 겨울에 불 피우기가 더 쉽다는 것을 말이다.

나무는 주로 여름에 성장하기에 가지를 꺾어보면 물이 가득 차 있다는 것을 알 수 있다.

그러나 겨울에는 날이 추워 물이 얼어버리기 때문에 물의 공급이 원활하지도 않고 햇볕도 일정하지 않아 죽어버리기 일쑤다.

그래서 여름보다 겨울에 장작 구하기가 쉬운 것도 있지.

우직! 쩌적!

나는 몇 개의 두툼한 나뭇가지를 모아서 불이 붙기 좋게 바닥에 쌓은 다음 밑에 나무껍질을 잘게 부숴 쉽게 불이 올라오게 만들었다.

그리고 몇 개의 길쭉한 나뭇가지를 쌓아놓은 장작 양쪽 바닥에 꽂아서 물을 끓일 수 있도록 준비했다.

이 모든 것이 마치 준비되어 있는 것처럼 일사불란하게 돌아가자 정육이 놈의 눈은 동그랗게 변하면서 나에게 다시 물었다.

"도대체 그런 것은 어디서 배운 것이오?"

너도 군문에 몸담고 있어봐라. 배우기 싫어도 배우게 되는 것이 이러한 것들이지.

다들 착각하는 것이 사람 죽이는 법을 배우는 것이 군문이라고 알고 있다.

물론 그런 기술도 배우기는 하지만 더욱더 중요한 것은 한정된 자원에서 살아남는 기술을 배우는 것이 더 많다.

그 많은 사람이 어떠한 환경에서도 살아남는 법을 배워야지 전투력 손실을 초래하지 않고 다음에 싸울 힘을 축적할 수 있는 법.

나는 정육에게 담담하게 미소 지으면서 말했다.

"입 닫고 쉬세요. 아직도 갈 길이 멀단다."

내 속도로 걷는다면 다음 마을까지 반나절 이상 걸리지 않을 것이다.

하지만 정육을 달고 간다면 아무래도 밤은 여기서 지새워야 할 확률이 높다.

그런 가정을 했을 때 밤을 지새울 괜찮은 장소를 찾기 전까지는 걸어야 한다는 말이다.

"……."

녀석은 나의 공격적인 어투에 아무런 말을 하지 않고 그저 고개를 푹 숙이고 자신의 체력을 회복하고 있다.

진작에 그럴 것이지.

나는 녀석의 모습을 본체만체하고는 불을 피워 주전자에 물을 끓이고는 육포를 덥혀서 연하게 만들었다.

곧이어 육포에서 구수한 냄새가 피어났다.

나는 그것을 정육에게 던졌다.

휙!

덥석!

좀 뜬금없긴 하지만 그래도 녀석은 무공을 익힌 녀석답게 주저 없이 날아오는 육포를 받아 들고는 내 얼굴을 쳐다보았다.

나는 천천히 철제 잔에다가 뜨거운 물을 따르면서 쳐다보지도 않고 말했다.

"뭘 봐. 먹으라고 던져준 거니 입에 넣으면 될 것을."

"…원래 성격이 이렇소?"

내 성격을 물어보기 전에 네 성격부터 고쳐라.

허구한 날 반말을 입에 달고 다니냐?

그것도 나에게?

나는 뜨거운 찻물을 가지고 녀석의 옆에 털썩 주저앉으면서 찻잔을 내밀고 말했다.

쑤욱.

"왜? 몰라서 물어?"

정육은 나의 찻잔을 받아 들면서 한숨을 짧게 내쉬며 말했
다.

"후우. 좋은 사람은 아니라고 생각했지만 이 정도일 줄은
몰랐소이다."

"그럼 내가 나쁜 놈이라는 거야?"

"…그것은 아니오. 단지 아까부터 나에게 말하는 투가 굉
장히 적대적이어서 그렇소."

"거참, 어이가 없어서. 그럼 마차 부숴먹고 걸어서 가는데
쓸데없이 발목이나 잡는 놈이 뭐가 예쁘다고 곱게 말해?"

예전 성격이라면 넌 이미 눈밭에서 웃통 벗고 좌로 굴러,
우로 굴러 하고 있어야 해.

내가 요즘 성격이 많이 죽어서 말로 하는 거지.

나의 말에 정육은 조용히 찻물에 코를 박고 마셔대기 시작
하였다.

그래, 그래야지. 입이 두 개라도 할 말이 없어야지 맞는 이
치지.

나와 정육은 아무런 말도 하지 않았다.

그렇게 육포와 찻물로 체력을 회복하고는 다시 일어나 걷
기 시작하였다.

그래도 지금은 햇살이 비추고 있어서 얼추 걸을 만한 것이
다.

겨울의 날씨는 예측이 불가능해서 갑자기 바람에 눈이 거세게 불어 닥칠 경우도 있다.

그러기 전에 재빨리 원하는 곳에 당도해야 한다.

그나저나 이렇게 눈 속을 걷고 있으니 옛날 생각이 나는군.

그때가 언제였더라?

천산에서 벌어진 전투였나?

아마 북해 사람들하고 전투했던 때가 이런 날씨였으니 기억에 맞을 것이다.

그때는 정말 최악이었지.

그런 한파를 겪어본 적도 없는 터였다. 전투를 치르고 나서도 추위 때문에 휴식을 편하게 취할 수가 없어서 피로가 이중삼중으로 쌓였었지.

그때 만약 그 뜨거운 물이 가득한 웅덩이를 찾지 못했으면 나도 거기서 얼어 죽었을 것이다.

정말 최악의 상황에서 만난 구명줄이라고 해야 하나.

어우, 생각만 해도 끔찍하군.

심지어 생리적 현상을 해결하려고 해도 낭심이 얼까 봐서 함부로 옷을 내릴 수도 없었는데.

이런저런 생각을 하면서 걷다 보니 미처 정육을 신경 쓰지 못했다.

그리고 보니 뒤에서 걷는 소리도 들리지 않는다. 에이, 설마……

나는 설마 하는 마음에 뒤를 돌아보았고, 그 설마가 사람을 잡았다.

녀석은 눈 속에 얼굴을 처박고 쓰러져 있었다.

여러모로 사람 귀찮게 하는군.

이렇게 되면 짊어지고 걷는 수밖에.

만약 말에게 저 녀석을 짊어지게 하면 말도 지칠 것이다.

그러면 말에 실은 짐을 버리고 가야 한다는 말인데 그것은 안 될 노릇이다.

야외에서 생활하는 모든 가재도구가 말에 실려 있는데 그 것을 버리고 간다면 나도 얼어 죽겠지.

나는 녀석에게 다가가 뒷덜미를 잡아끌어 앞으로 엎어놓았다.

부석.

후두두둑.

"후욱후욱."

뒤집어놓고 보니 녀석의 얼굴은 온통 땀으로 뒤덮여 있고 간신히 숨만 쉬고 있다.

"아오, 씨발."

욕이 절로 나왔다.

가뜩이나 늦어진 여정에 이놈이 방해는 되지 않아야 할 것 아닌가.

그것도 누구의 것도 아닌 제 놈의 부탁으로 가는 것인데.

젠장, 이렇게 혼자서 떠들어보았자 도움 될 것도 없고.

"흐랏차!"

나는 기합과 함께 녀석을 양 어깨에 걸치고는 양손으로 녀석의 몸을 굳게 잡았다.

그래도 생각보다 무겁지는 않군.

그래도 이놈을 들쳐 메고 계속 걸을 수는 없으니 적당한 장소에서 쉬어야 할 것이다.

지금 여기는 탁 트여진 평원.

만약 여기서 눈보라라도 치는 날에는 그대로 여기가 무덤이 될 것이다.

"…미안하오."

덜덜 떨리는 목소리가 귓가에서 들리고, 나는 그런 녀석을 향해 차마 모진 소리를 할 수 없었다.

"미안하면 나중에 술이나 거하게 사라."

"흐, 흐으. 아, 알겠소."

웃기도 하네?

평생 웃어본 적이 없는 얼굴 표정이더니 죽을 때가 다 되었나?

죽더라도 내 어깨에서 죽지는 마라. 체온 떨어진다.

나는 녀석을 들쳐 메고 한 손으로는 말의 고삐를 잡은 채 기나긴 여정을 시작하였다.

내린 눈의 양으로 보아하니 오늘은 날씨가 괜찮을 듯싶지만 이놈의 날씨라는 것이 여자 마음처럼 변덕이 죽 끓듯이 끓어 넘치는 놈이라서 마냥 안심할 수는 없었다.

어느새 발목까지 차던 눈이 걸으면 걸을수록 종아리로 올라온다.

정육을 어깨에 메고 있어서 그런지 무게가 덤으로 붙나 보다.

예전 내공이고 무공이고 모르던 시절에는 이런 눈길을 만나면 죽었다고 생각했는데 말이야.

걷는 것도 아니라 거의 달리는 수준으로 뛰어야 겨우 살아남는 정도였지. 일단 땀이 나기 시작하면 멈추지 말아야 했으니까.

만약 힘들어서 쉴 생각에 멈춘다면 그 순간 땀이 추위에 말라 버리고 몸의 열까지 같이 가져가 버리는 최악의 상황이 펼쳐진다.

그리고는 천천히 심장박동이 멈춰가는 것을 느끼면서 죽어가겠지.

정육 이놈이 딱 그 모양이군.

강호인의 가장 큰 착각이 바로 내공이다.

내공을 몇 갑자씩 가지고 있는 사람이 있는가?

몇 갑자의 내공도 가지기 힘든 강호인들이 그 알량한 무공과 내공을 믿고 아무런 준비도 하지 않은 채 세상에 나오는 것을 보면 코웃음만 나올 뿐이다.

정육 이놈이 딱 그 꼴이지 않는가.

필히 이놈도 강호로 나선다면 그 수많은 무림인 중에서 수위에 오르는 놈이다.

한데 그런 놈도 추위에 빌빌거리면서 내 어깨에 메어져 있는 현실이 아닌가?

쯧쯧. 이런 놈이 마차를 그따위로 만들어놓다니, 꼴좋다.

나는 혀를 차면서 녀석을 짊어지고는 푹푹 파이는 눈을 헤집고 걸어갔다.

그러기를 얼마쯤 지났을까, 해가 점점 기울어져 가고 공기가 서서히 차가워질 때쯤, 얼추 괜찮은 장소가 눈에 들어왔다.

아마도 길가에 임의로 만들어져 움푹 파인 것으로 보아 상단이 이곳을 지나가다 임시 거처로 쓰려고 만들어놓은 듯했다.

생각하고 자시고 할 문제가 아니었다.

나는 그곳으로 지체 없이 이동해서 대충 지형을 파악해 보고 적당히 발로 눈을 쓸어버리고는 짐 덩이(?)를 내려놓았다.

휙.

철퍼덕!

어후. 얼마 무겁지는 않은데 계속 메고 있어서 그런지 천근만근처럼 느껴졌다.

"크흑."

내가 너무 과하게 던져 놓았는지 지면에 패대기쳐 놓인 정육이 짧은 신음을 흘렸다.

쩌업. 너는 그래도 싸다. 원망 말아라.

나는 해가 저물기 전에 불을 피울 요량으로 주변의 마른 나뭇가지를 모아 아까처럼 수북이 쌓아놓고 불을 피웠다.

그리고 불 가까이에 말을 두어 쉬게 하고는 가죽 포대를 꺼내어 겉과 속을 탁탁 털어내고는 주변을 둘래둘래 찾아보았다.

분명 주변에 말린 풀이나 뭐가 있을 텐데?

가죽 포대를 괜히 가져왔겠나.

이 안에 말린 풀 따위를 집어넣으면 한기도 막아주고 좋은 잠자리도 완성되는 일석이조의 효과가 있는 노숙 필수 물품이다.

나는 연신 눈을 걷어내어 마른풀을 찾아 가죽 포대에 쑤셔 넣었다.

얼마 정도 넣었을까.

가죽 포대가 빵빵하게 부풀어 오를 정도 넣고는 불 주변에 자릴 잡고 널찍하게 깔았다.

그리고는 한쪽에 버려져 있는 정육을 집어 들어 그 위에 올려놓고 두툼한 이불을 덮어주었다.

역시 따뜻하긴 하나 보다.

이렇게 해주니 정육이 놈의 혈색이 돌아오는 것이 보이니 말이다.

녀석, 빨리 정신 차리렴.

만약 내일까지 정신을 차리지 않으면 그냥 파묻고 가버릴 거야.

"으윽! 으음!"

음? 내 속마음이 읽었나? 아니면 악몽을 꾸나?

아무럼 어쩌겠는가. 깨어나기만 하면 되는 것을.

후우. 그럼 나는 맛있는 저녁을 준비해 볼까나. 룰루랄라~

무엇을 챙겨 왔나?

나는 기쁨 마음으로 말에 실려 있는 짐을 내려 식재료를 찾아보았다.

이야, 이럴 수가!

온통 육포 천지다. 이런 군인보다 더한 놈. 평생 육포만 처먹고 살아라.

말린 과일이고 나발이고 전혀 없군. 이럴 줄 알았으면 나라도 챙겨오는 건데.

영양 보충이 무엇보다 중요한 지금 오로지 육포밖에 없다는 것은 다음 마을까지 육포만 질겅질겅 씹어대면서 가야 한다는 소리다.

하아, 나도 죄가 없는 건 아니지. 저놈을 믿은 내가 죽일 놈이지. 후우.

나는 육포 몇 조각을 꺼내 꼬챙이에 꿰어 불가에 비스듬히 얹어두었다.

그리곤 정육이 누워 있는 옆으로 가서 엉덩이를 깔고 앉았다.

털썩.

그래도 이런 상황에서 위안이 되는 건 밤이 어둑해지면서 보이는 희미한 불빛들이다.

아마도 내일이면 마을에 도착하겠지.

육안으로 불빛이 보일 정도이니 정육의 걸음으로도 충분할 것이다.

다행이군. 만약 저런 것도 눈에 안 보였다면 이놈을 그냥 여기에 묻어버렸을 텐데.

나는 곤히 자고 있는 정육의 얼굴을 한 번 바라봐 주고는 긴 한숨을 내쉬며 앞을 보았다.

"하아아아."

타닥타닥.

모닥불이 타는 소리를 들으며 조용히 불길을 쳐다보았다. 왠지 안심이 되었다.

뭐, 딱히 불안하거나 그런 것은 아닌데 어둑해지는 밤을 밀어내는 불이라서 그런지 심적으로 안정이 되나 보다.

"흐음."

그렇게 하염없이 불을 바라보고 있으니 옛날 생각도 나고 앞으로의 일에 대해서 확신을 가지기도 하면서 이런저런 고민과 생각들이 교차하기 시작했다.

이런 감각도 심히 오랜만에 느껴보는 것 같다.

후후. 이거 이렇게 우수에 차 있는 모습을 지나가던 처자로 보진 않으려나?

크르르르르!

하하하, 지나가던 늑대새끼들만 쳐다보는군. 빌어먹을.

히이이잉!

푸드덕! 푸드덕!

말이 늑대 울음소리에 놀라서 이리저리 발버둥을 쳐대었다.

내가 있는데 뭐가 저리 무서워서 그러지?

나는 자리에서 일어나 말에게 다가가 천천히 목을 쓰다듬어 주며 안심시켜 주었다.

크르륵!

으르르릉!

녀석들이 낮게 으르렁거리면서 서서히 주변으로 몰려들기 시작하였다.

이윽고 불빛으로 모여드는 늑대들은 마치 호랑이를 연상케 할 만한 위용을 자랑하고 있다.

뭘 그렇게 많이 먹어서 저렇게 큰 거지?

대략 숫자는 다섯 마리 정도 되어 보였다.

그중에서 대장 격으로 보이는 늑대는 그 시커먼 몸통을 뽐내면서 나에게 이를 드러내며 적대감을 표시하고 있다.

크르르르르!

흠, 육포는 많이 있어서 고기는 충분한데.

가죽을 벗겨서 팔아볼까?

아니야. 저거 가죽 벗겨서 말리고 그러는 시간이 더 많이 들겠다.

녀석들은 내 속도 모르고 사방을 포위하는 듯한 움직임으로 내 주변으로 모여들었다.

저벅저벅.

내 목을 노리는 듯 낮게 몸을 말고 서서히 눈치를 보며 다가왔다.

찌업. 괜히 여기서 죽이면 피 냄새 나고 그러니 그냥 겁이나 줘서 쫓아버려야겠군.

운 좋은 줄 알아라.

장하현 근처였으면 당장 고기는 된장을 바르고 가죽은 곱게 벗겨 말려서 내다팔았을 테니.

나는 내기를 일으켜 속에서 짐승 한 마리를 불러내었다.

오로지 죽음과 가까운 곳에서만 피어난다는 묵혈(墨血)의 기운.

사람들은 죽어야 보이겠지만 짐승들은 살아서도 보일 것이다.

내 몸에서 무럭무럭 솟아나고 있는 이 진득한 놈들이 말이다.

꿀렁꿀렁.

넘실대지도 않는다. 그저 스멀스멀 기분 나쁘게 땅바닥에 착 가라앉아 기어 다닐 뿐이다.

그러나 저 녀석들은 알고 있을 것이다.

이것을 밟으면 자신들은 뼈도 못 추린다는 것을 말이다.

그래도 대장인 녀석은 주변 보는 눈이 있어서 그런지 이런 나의 모습이 보이는데도 불구하고 이빨을 드러내며 멈칫멈칫하고 있다.

크르르르! 크륵!

다른 놈들은 전부 꼬리를 말며 대장의 눈치를 보고 있는데 말이다.

끼이잉, 끼잉!

끄응, 끼잉!

그래, 너도 여론을 받아들여서 좋게 그냥 물러가라.

그러나 나의 이런 생각과는 다르게 우두머리는 나와의 거리를 몇 번 재어보더니 그대로 내 쪽으로 뛰어드는 것이 아닌가.

크아앙!

투왁!

실로 대단한 녀석이다. 제법 거리가 되어 보였는데 말이다.

쏜살같은 녀석의 움직임에 내가 가만히 앉아서 당하겠는가?

뭐, 가만히 있어도 되긴 하지만 그래도 뛰어든 성의를 보아서 주먹을 들어주었다.

그리고는 곧장 달려드는 그 녀석의 주둥이에 내 주먹을 쑤셔 박아주었다.

쑤욱!

캐캥!

어떤 동물이든 입으로 쑤셔 넣은 것은 뱉어내려고 하지 그대로 씹어 삼키지는 않는다.

아무리 그것이 늑대라 할지라도 말이다.

쿠에엥! 키엥! 쿠왕!

아까의 패기는 어디 가고 이런 강아지 소리나 질러대니?

나는 팔뚝까지 깊숙이 박힌 오른팔을 들어 늑대를 올려대었다.

날카로운 이빨도, 육중한 몸도, 서슬 퍼런 발톱도 지금 이 순간만큼은 아무런 쓸모가 없다.

당연한 이야기겠지만 입속에 뭐가 박히면 숨이 막힌다.

대장인 이놈도 곧 숨이 넘어가는 듯 몸을 파르르 떨어대었다.

부들부들.

그 큰 몸이 공중에서 속절없이 떨어대자 왠지 쓸데없이 양심에 가책이 느껴졌다.

동물 애호가의 마음이 이런가?

마음 같아서는 가죽을 벗겨서 탕으로 만들어 먹으면 좋겠는데.

"쓰읍. 이걸 먹어?"

어후. 순간 뜨끈한 국물을 생각하니 침이 흘러내린다.

그러자 곧 숨넘어갈 듯이 보이던 늑대가 꼬리를 흔들어대며 교태를 부렸다.

끼잉, 꾸우우웅!

내 얼굴이 그렇게 티 나나? 아무튼 이 정도 크기면 탕을 끓여 먹어도 몇 십 인분은 되겠다.

"쩌업. 아쉬워도 참아야지."

음식 남기면 벌 받는 법이다.

나는 기운을 풀어버리고 주먹을 휘둘러 늑대를 떼어내었다.

휘익!

"끼이이이잉!"

잘 날아가는군.

쩌업. 그래도 아쉽기는 하네. 포동포동 살이 쪘던데.

나는 아쉬운 마음을 뒤로한 채로 다시 정육 근처로 와서 엉덩이를 깔고 앉았다.

풀석.

그러자 정육은 내가 앉는 인기척을 느꼈는지 신음 소리를 흘리며 몸을 뒤척거리더니 서서히 눈을 뜨는 것이 아닌가.

"으으으, 음."

그래도 허투루 무공을 수련한 것은 아닌 것 같군. 회복이 빠른 것을 보니.

나는 점잖게 주전자에서 찻물을 받아 정육에게 내밀면서 말했다.

"정신이 좀 드나?"

그러자 정육은 입술을 까딱거리면서 말문을 열었다.

"으윽! 여, 여기는……?"

"환영하네. 저승일세."

"……."

"아무 말 없는 것을 보니 그래도 이승하고 저승하고 구분은 하는군. 자, 일어나서 이것 좀 마셔라."

나는 녀석에게 찻잔을 내밀었다.

그러자 녀석은 두통이 심한 듯이 자신의 머리를 쓰다듬으며 반쯤 일어나 내가 내민 찻잔을 받아 들며 말했다.

"으윽! 그런데 왜 머리가 깨질 듯이 아픈 것이오?"

아까 내팽개칠 때 머리부터 떨어지더니 그 때문인가 보네.

나는 모른 체하면서 대답해 주었다.

"원래 정신을 잃고 나면 머리가 아픈 법이야. 어서 찻물이나 들이켜 원기 회복해라. 내일도 걸어야 하니까."

"짐만 되는 것 같아서 미안하오."

"짐인 거 알면 네 발로 걸어."

정육에게 간단히 답해준 후에 육포가 다 익었나 싶어 불가로 걸어갔다.

늑대와의 실랑이 때문에 기다리는 시간이 그렇게 긴 줄 몰랐는데 육포의 상태를 보니 얼추 흘렀나 보다.

그래도 고소하게 지글지글 익은 모습을 보니 식욕이 돋는군.

나는 꼬챙이를 통째로 빼 들고 정육에게로 성큼성큼 걸어 갔다.

그러자 정육은 육포를 보며 고개를 절레절레 저으며 거절 의 뜻을 내비쳤지만 난 개의치 않고 내밀며 말했다.

"뱃속을 채워야지 원기도 회복되는 법. 주는 대로 먹고 오늘은 푹 쉬어라."

"하지만 입맛이 없는데……."

"네가 애냐, 투정 부리게?"

투정은커녕 투덜거림도 받아주기 싫은데 감히 투정을 부리다니.

그러나 정육은 특유의 강단으로 눈을 감고 거부의 의사를 보였다.

하지만 지금 녀석의 상태는 체력과 원기가 바닥이 난 상태.

난 녀석의 볼을 움켜잡고 육포를 마구 쑤셔 넣으며 말했다.

"먹어!"

우직!

우격다짐으로 이렇게라도 먹여놓지 않으면 내일 움직이는 게 힘들다.

뭔가 먹은 게 있어야 힘을 내지.

정육은 나의 이런 세심한(?) 배려를 모르고 저항하기 시작하였다.

하지만 이윽고 목구멍까지 밀어 넣은 육포를 천천히 씹을 수밖에 없었다.

훗, 집어넣었군.

"먹으라고 할 때 곱게 먹지."

"……."

나의 말에 정육은 아무런 대답도 하지 않고 육포를 씹어대었다.

나도 정육이 육포를 먹는 모습을 보고 천천히 육포를 뜯고 찻물로 목을 축이며 불을 지켜보았다.

계획대로 마차를 끌고 왔더라면 분명 지금쯤이면 마을에 도착하여 근처 객잔에서 짐을 풀었을 것이다.

하기야 원래 세상일이라는 것이 내 마음대로 돌아가는 것도 아니고, 딸린 정육도 있는 터라 혼자서 움직일 수도 없다.

처음부터 데리고 오지 않았다면 훨씬 일이 쉬웠을 텐데. 쩌업.

후회해 봐도 늦은 일.

그러나 정육을 데리고 온 일아 그리 큰 잘못은 아닌 것 같다.

만약 장하헌에 그대로 놔두었다가 운씨 자매의 일로 괜히

흥분해서 문제라도 일으키면 내가 한 일이 모두 다 무산되고
말 것이다.

　일이 이렇게 되었어도 데리고 다니는 게 낫겠군.

　정육 녀석은 먹기 싫다던 육포를 언제 다 씹어 먹었는지 입
을 찻물로 헹궈내고 나서 나에게 한 잔을 더 가져다 달라는
몸짓을 하며 말을 걸었다.

　"만약 그분들이 포두님이 세운 계획대로 된다면 이 이후의
일은 어떻게 되는 것이오?"

　나는 녀석이 내민 찻잔을 받아서 찻물을 따라주며 대답했
다.

　쪼르르륵.

　"일단은 우리 집에 데려가서 치료해야지."

　"그리고 다음은 무엇이오?"

　"포관에서 추 소저 일이나 돕게끔 해야지."

　"……."

　정육이 내 말에 아무런 대답을 하지 않는 것으로 보아 아마
도 내가 예상하는 일을 하려고 하는 것이 맞는 것 같았다.

　나는 녀석에게 덤덤한 목소리로 말했다.

　"그러지 말아라."

　그러자 녀석은 매섭게 눈을 뜨며 대답했다.

　"무엇을 말이오?"

착 가라앉은 음성이 나의 추측을 더욱더 확실하게 만들어 주었다.

"관기에서 노비 신분으로 풀려도 도망가는 건 능사가 아니야."

"……!"

그렇게 화들짝 놀랄 필요까지는 없어 보이는데.

나는 찻물을 홀짝이며 이어 말했다.

"도망가서 뭘 어쩌려고? 내가 아무리 입 다물고 있어 보았자 어찌 되었든 현에서 조사가 나올 텐데. 뭐, 내 인맥으로 한두 번 막았다고 치자. 하지만 그게 평생 갈 거 같나? 어차피 또 도망자 신세로 전락할 것을."

그녀들은 여자이고 사람이다.

산속에 깊숙이 도망쳐 보았자 어차피 그녀들이 필요한 것을 얻으러 밖으로 나와야 한다는 말이다.

또한 평생을 산속에서 늙어 죽겠는가?

나의 말에 정육은 침통한 표정을 지어 보이면서 말했다.

"어쩔 수 없는 것이오? 진정 그분들에게 얽힌 인과의 사슬을 풀 수는 없는 것이오?"

억울해도 법은 법이다. 그것도 황제가 지정한 법을 번복하는 법은 그 어디도 없다.

나는 단호하게 정육에게 말했다.

"이것만 해도 다행인 줄 알아. 관기의 신분에서 벗어나는 것이 쉬운 일도 아니고."

"……"

"그리고 마음 단단히 먹어라. 앞으로 일어날 일 중에 결코 쉬운 일은 없겠지만, 만약 네놈이 잘못되어 버리면 운씨 자매는 정말로 세상에서 아무것도 남아 있지 않게 되는 것이니."

굳게 다짐하는 편이 좋을 것이다.

괜히 안 되는 일에 몰두하고 신경을 팔다가는 되는 일도 망치는 법.

우드득.

정욱은 조용히 어금니를 강하게 깨물고는 눈을 감고 자리에 누웠다.

인정하기 싫지만 이것이 현실인 것을 어찌하겠는가.

나는 그저 고개를 들어 수많은 별을 바라보며 중얼거렸다.

"오늘 밤은 길겠군."

그렇게 무림맹으로 가는 하루가 지나가고 있었다.

第六章

—황충모의 장원

느긋하게 아침을 맞이하는 황충모의 기분은 어제와 달랐
다.

항상 침착함을 유지하려고 하지만 자신도 나이가 칠십이
넘어가는 나이다 보니 쉽지만은 않았다.

그는 어제와 같이 자신에게 올라온 서신과 서류들을 하나
씩 훑어보며 아침 업무를 시작하고 있었다.

자신이 승상에 임명되고 나서 하루도 거르지 않는 그만의

일상이다.

황충모는 하나둘씩 중요한 서신과 그렇지 않는 서신을 종류대로 분류하였다.

서류도 차후에 해야 할 것과 지금 당장 날인이 필요한 것들로 분류하였다.

예전에는 자신에게 올라오는 서류나 서신의 양이 지금처럼 많지 않아서 정오 즈음이면 거의 모든 업무가 끝나 있었지만, 고무만이 죽은 뒤로는 그의 업무량이 폭발적으로 늘어났다.

업무량이 늘어나기 전에는 모든 서신과 서류를 검토하였지만, 지금은 그럴 엄두가 나지 않았다.

그래서 이렇게 분류를 해놓고 자신에게 중요한 것들만 따로 모아서 정리한 다음 그 나머지 것들은 자신 밑에 있는 관료에게 넘겨주곤 하였다.

황충모의 손이 천천히 한 치의 떨림도 없이 겉에 쓰인 글자만 주욱 읽어보고는 분류하기 시작하였다.

그리고 그중에는 장하현에서 올라온 관료의 서신도 끼어 있었다.

황충모는 그 서신을 주욱 읽어 내리다가 잠시 멈칫하고는 생각했다.

'서천 운씨세가의 일? 내가 이런 일을 처리한 일이 있었나?

이때껏 많은 일을 처리한 황충모이지만, 자신의 기억에 없는 일이다.

'지방에서 올라온 안부 서신이겠지.'

고무만이 죽은 뒤로 하루에도 몇 백 통이나 오는 안부 서신이다.

너무나도 많은 안부 서신 때문에 황충모는 사람을 시켜 안부 서신을 전부 골라내도록 하고 있었다.

그러자 그 소문이 언제 퍼졌는지 가끔씩 이렇게 아무런 일도 아닌 것을 일부러 서신으로 꾸며 안부 서신을 같이 끼워 넣는 일이 종종 있었다.

자신의 기억에도 없는 일 때문에 더 이상 시간낭비를 하기 싫은 황충모는 운씨세가에 대한 서신을 중요하지 않은 서신에 놓고는 연신 다른 것에 집중하였다.

시간이 치료해 준다는 의미가 운씨 자매에게는 이런 일로 다가올 줄은 꿈에도 몰랐을 것이다.

황충모 자신이 직접 고변한 역적의 가문인데도 다른 일에 치어 생각이 나지 않는 것을 보면 말이다.

이윽고 수많은 서신과 서류의 분류 작업을 끝낸 황충모는 밖의 사람을 불러 서류를 가져가게끔 하였다.

"거기 누구 있느냐?"

조용하고 위엄서린 황충모의 말에 문이 열리며 황색과 금

색으로 치장된 무복을 입은 사내가 들어왔다.

사내의 나이 사십 후반쯤 되었을까.

그 나이에도 불구하고 건장한 체격과 날렵한 몸을 유지하고 있고 얼굴 자체도 딱히 늙어 보인다는 느낌은 들지 않았다.

단지 그의 나이를 가늠하게 하는 것은 오로지 이마에 파인 주름뿐이다.

오뚝한 콧날에 세모형의 얼굴, 그리고 매섭게 반짝이는 눈과 그의 복장은 결코 그가 보통 무관이 아닌 듯이 보였다.

황충모는 자신의 부름에 들어온 사람이 뜻밖의 인물임에 잠시 놀라며 말했다.

"철지 자네가 갑자기 웬일인가?"

"수석무사 상철지가 아침 문안 인사드리옵니다."

창귀 상철지, 분명 그였다.

정육의 사부이자 운씨세가를 역모로 몰아 풍비박살이 나게 만든 장본인.

그가 바로 황충모의 밑에서 수석무사를 역임하며 일하고 있었다.

당시 황충모는 승상에 오를 정도의 인망과 덕망을 갖췄다고는 하지만, 딱히 전공을 세우거나 누구에게 내보일 공적을 갖추지는 못했다.

상철지는 운씨세가의 인맥으로 긴밀하게 황궁으로 들어가 자신의 야망을 충족시켜줄 인물을 물색하던 중 황충모의 사정을 파악하고 운씨세가를 담보로 거래를 했던 것이다.

황충모는 당연히 거래에 응했고, 그 대가로 운씨세가의 역모에 대한 모든 것을 조언 받은 황충모는 당당하게 황제의 재가를 얻어 운씨세가를 역모죄로 다스렸다.

그때 당시의 황궁 정치가 고무만에 의해 좌지우지되던 상황이어서 황제는 적절하게 견제할 사람이 필요했다.

변변한 세력은 없지만 유생들로부터 절대적인 지지를 받는 황충모가 적격이라고 생각한 나머지 역모에 대한 조사를 자세하게 하지도 않고 재가해 버린 황제였다.

그 이후로 상철지는 황충모 아래에서 승승장구하며 수석무사의 위치까지 단숨에 올랐고, 고무만의 죽음에 따라 상철지의 직위가 수석무사를 뛰어넘어 황궁 호위에 자신의 이름을 올릴 수도 있는 상황이었다.

상철지는 미리미리 황충모의 눈에 띄기로 작정하고 황충모의 곁에 호위를 설 사람이 부족하다는 핑계로 계속 붙어 있을 생각이었다.

황충모는 상철지의 말에 고개를 끄덕거리며 너털웃음을 터뜨리며 말했다.

"허허, 그러고 보니 내 자네를 잊고 있었네. 허허허. 그래,

그간 안녕했는가?"

"황 승상의 은혜로 무탈하게 지내왔습니다. 승상도 그간 강녕하셨습니까?"

"이 늙은이야 보면 모르겠나. 허허. 그건 그렇고, 어째서 자네가 직접 오는 겐가?"

상철지는 황충모의 입에서 기다리고 있던 대답이 나오자 지체 없이 생각해 두었던 말을 꺼내놓았다.

"승상의 위엄이 날로 높아지고 있는 이때 간혹 이런 때를 노려 불순한 무리가 들까 염려가 되었습니다."

"허허, 그러면 철지 자네가 직접 이 늙은이 뒷바라지라도 할 생각인가? 그래도 명색이 수석무사 아닌가. 허허허."

"지금 제 직위의 고하가 문제겠습니까? 승상의 안녕을 책임지지 못한다면 제가 아무리 수석무사라 할지라도 바람 앞의 등불인 것을요."

이원생이 이 이야기를 들었다면 아부의 신세계가 찾아왔다면서 절하며 상철지에게 한 수 배웠을 것이다.

평소 상철지의 무위를 알고 있는 황충모인지라 직접 상철지 자신이 따라다니겠다는데 거절할 일도 아니었다.

더군다나 얼마 있지 않으면 명교와 담판을 지어야 하지 않는가.

황충모는 흡족한 표정으로 고개를 끄덕거리고는 상철지에

게 말했다.

"허허허, 그리 생각해 주니 이 늙은이가 몸 둘 바를 모르겠구만. 알았네. 자네 뜻대로 하게나."

"감사합니다, 승상!"

"그럼 이 서류와 서신 좀 부탁합세나."

"이를 말씀이십니까."

상철지는 한걸음에 달려와 황충모가 지목한 서류더미와 서신을 단번에 집어 들었다.

제법 많은 양인데도 불구하고 한 번에 집어 드는 것이 퍽 만족스러웠는지 황충모는 고개를 끄덕거리면서 생각했다.

'그래, 상철지 저 친구가 있었지. 허허허. 내 말년에 너무 많은 복을 받는 것이 아닌지 모르겠군. 가뜩이나 외부에서 괜찮은 인사를 찾아보기가 힘들었는데 말이야.'

황충모의 곁에는 믿고 일을 맡길 만한 사람이 없었다. 웬만큼 무력도 쓸 줄 알며 적절하게 머리도 쓸 줄 아는 사람이 말이다.

그런 와중에 이렇게 상철지를 보자 황충모의 그런 걱정이 물에 모래알 씻겨 나가듯이 사라지는 것이 아닌가.

창을 귀신같이 다룬다 하여 붙여진 창귀에 수석무사가 되기 위한 최소한의 학문적 소양 시험도 단 한 번에 통과한 그였다.

황충모는 내심 상철지가 나가는 뒷모습을 보며 든든한 느낌이 들었다.

이런 황충모의 생각을 뒤로하고 상철지는 서류더미와 서신을 들고 방을 나섰다.

그리고 조심스럽게 황충모에게 뒤를 보이지 않게 인사하며 문을 닫고는 옆에 있던 하급 관료 두 명에게 황충모와 대면할 때와는 전혀 다른 모습으로 말했다.

"어서 받지 않고 뭐하는가!"

나직하지만 신경질적인 목소리에 밖에서 조용해 기다리고 있던 하급 관료들은 허리를 굽실거리며 서둘러 상철지가 들고 있는 서류더미를 나누어 들었다.

상철지는 관료들의 모습을 보면서 의미심장한 표정을 지어 보이며 생각했다.

'늙은이 비위 맞추기가 점점 성미에 맞지 않는군. 그러나 조금만 더 참는다면 능히 대장군의 직위까지는 수월하게 올라가겠어. 후후후.'

애당초 상철지는 문관의 자리에는 관심조차 없었다.

오로지 그가 원하는 것은 대장군의 직책에 올라 수많은 병사를 호령하며 왕이 부럽지 않는 호사를 누려보는 것이었다.

'지금껏 무림에서 칼밥을 먹고 살았더라면 비루먹은 강호의 삶을 계속 살았겠지. 후후후. 강호인의 명예와 존엄성? 웃기는 소리. 권력이 역사를 만드는 법!

상철지는 무림에서 그저 그런 강호인으로 살다가 일반 사람들도 신경 쓰지 않는 무림사의 한 줄로 남기는 싫었다.

당당하게 중원의 역사에 이름을 올리고 싶었고, 조금만 더 인내한다면 이제 그런 자신의 꿈이 이뤄지는 현실이 눈앞에 있었다.

야망이 이뤄지는 순간을 떠올리며 상철지는 흡족한 웃음을 지으면서 가슴 깊이 넘치는 만족감을 표출했다.

그러나 대놓고 드러낼 수는 없는 법.

상철지는 한숨을 깊이 내쉬며 관료들에게 건성으로 가라고 손짓하며 말했다.

"물러들 가보도록 해여라."

"알겠습니다, 대인. 물러가 보겠습니다."

상철지의 말에 고분고분 따르는 관료들이다.

관료들은 보기에도 위태위태해 보이는 서류더미를 한 아름 안고서 자신이 속한 장소로 향하였다.

그러나 평생 책상과 벗하며 살아온 문관들이다 보니 그 자세를 오래 유지하지는 못하였다.

"어이쿠!"

쿠당타앙!

거칠게 앞으로 나가떨어지며 가지고 있던 서류를 하늘에

날려 보낸 하급 관료들이다.

하지만 그 모습을 본 상철지는 걱정은커녕 혀를 차며 내심 중얼거렸다.

'저런 약골들이 무슨 나라를 이끈다고. 쯧쯧.'

그리고는 아무런 도움도 주지 않고 그저 뒤돌아 자신의 일을 보기 위해 발을 내딛는 순간,

자신의 발치 아래 떨어진 매우 선경 쓰이는 서신 하나가 눈에 띄었다.

운씨세가!

상철지는 눈썹으로 꼬아 위로 치켜뜨며 눈을 크게 떴다.

어찌 모를 수가 있겠는가.

지금 자신을 이 자리에까지 올려준 일등공신인 그 운씨세가를 말이다.

상철지는 무의식중에 그 서신으로 손이 갔다.

아니, 가야만 했다. 자신이 이뤄놓은 것이 이 한 번으로 송두리째 무너질 수도 있기에 말이다.

스륵.

조심스러운 손길로 상철지는 서신을 챙겼고, 이윽고 서신을 펼쳐 무슨 내용인지 자세하게 훑어보았다.

우그득.

상철지는 이내 조용히 서신을 자신의 품으로 쑤셔 넣고는

가늘게 눈을 뜨고 씹어 삼킬 듯한 목소리로 혼잣말을 되뇌었다.

"정육 네놈이 살아 있었구나!"

운씨 자매에 대한 이야기는 눈에 들어오지도 않았다.

살면서 자신이 조심해야 할 것이 많지만 특히나 정육은 더욱 그랬다.

자신을 죽일 명확한 이유와 동기를 가지고 있는 남자.

상철지는 매섭게 눈을 치켜뜨며 어디론가 걸어갔다.

그 걸음걸이가 너무나도 사납고 살기등등한 나머지 아무도 상철지의 행보에 인사는커녕 안부도 묻지 못하였다.

상철지는 자신이 주관하는 병력이 있는 곳으로 문을 벌컥 열고 들어가며 외쳤다.

"마한지! 마한지는 어디 있느냐!"

급하게 외치는 상철지의 말에 수련을 하고 있던 부하 중 한 사람이 대답하였다.

"수석 교위는 지금 임무 차 강촌에 나가 있습니다, 대인."

"강촌? 그 강촌이 혹시 내가 생각하는 그 강촌이 맞느냐?"

"장하강 서북에 위치한 강촌이라면 맞습니다, 대인."

그 말을 들은 상철지는 이빨을 드러내어 웃으며 생각했다.

'일이 의외로 쉽사리 풀리는군. 마한지 정도면 정육 그놈의 목을 따는데 어렵지는 않을 것이다. 후후. 거기다 그놈은

정육의 시신조차도 남겨놓지 않을 훌륭한 애완견까지 가지고 있는 놈이 아닌가.'

우연의 일치인지 아니면 인연의 사슬인지는 몰라도 상철지가 말한 마한지 교위는 상철지가 외부에서 영입한 첫 번째 강호인이었다.

강호에서 마한지의 명성은 최악이었지만 상철지의 입맛에는 딱 맞았다.

언제라도 토사구팽해도 좋을 인물.

거기다가 그 마한지가 공교롭게도 정육이 가는 길목에서 임무를 수행 중이라고 하니 더할 나위 없는 일이 아닌가.

상철지는 지체없이 수하에게 명했다.

"지금 당장 마한지에게 서신을 띄워라. 해줘야 할 일이 있다고 말이야. 후후후."

"즉시 명 받겠습니다, 대인!"

과연 상철지의 좋은 예감이 들어맞을 것인가?

아니면 그 좋은 예감이 자신의 명줄을 쥐게 될 것인가?

그 결과는 오로지 정육과 상철지가 아닌, 같이 무림맹으로 향하는, 또한 서신에 짧게 한 줄로 표기된 '포두 동행'의 표두 이원생만이 알 것이다.

—이원생

해가 뜨는 대로 마을까지 단숨에 가려고 했지만 정육은 나
의 생각을 여지없이 짓밟았다.

"걸을 수 있소이다!"

말은 저렇게 해도 이미 다리에 힘이 들어가지 않는데 무슨
개소리인가.

지팡이에 자신의 몸을 의탁하고 있는 꼴이 전투에서 패하
고 고향으로 정처 없이 돌아가는 패잔병 같은 꼬락서니를 하
고 있으니.

기력을 보충하려면 조금 더 쉬어야 하겠지만 지금은 그렇
게 늦장을 피울 때가 아니었다.

난 녀석에게 말했다.

"그렇게 걸어서 언제 무림맹에 도착할래, 이 짐 덩이야?"

"조금만 더 내공을 회복하면 되오이다."

딱 보기에도 내공이 문제가 아니라 체력이 문제인 것 같은
데.

도통 말을 듣지 않는 정육 녀석에게 다가가서 녀석이 얼마
나 큰 착각 속에 빠져 있는지 알려주었다.

난 녀석의 지팡이를 툭 걷어차면서 말했다.

"지나가던 개가 웃겠다."

툭.

지팡이에 몸을 의지했으니 녀석이 앞으로 쓰러지는 것은 당연했다.

"흐업!"

철퍼덕!

당차게 쓰러지는군.

헛바람을 집어삼키며 앞으로 속절없이 고꾸라지는 녀석의 뒷목을 잡으며 말했다.

덥석.

"이래도 고집 부릴 거냐?"

"……."

나의 말에 녀석은 아무 말도 없이 침통한 표정으로 고개를 푹 숙였다.

고집을 부릴 때 부려야지.

밤에도 투정 부릴 때 봐줬으면 알아서 기어야 할 것이 아닌가.

나는 녀석을 들쳐 메며 말했다.

"가만히 있어라. 쓸데없이 뒤척이면 묻어버리고 갈 거야."

"…알겠소이다."

체념한 듯이 말하는 녀석의 말에 뭔가 이겼다는 쾌감이 드는 것은 착각인가?

짐을 정리하고 말의 고삐를 잡아끌며 다음 행선지를 향해 출발하였다.

정육이 놈이 좀 무겁고 어제 내린 눈으로 길이 질퍽거리긴 하였지만 못 걸을 정도는 아니었다.

나는 이리저리 길을 만들면서 전진하였다.

남들이 보기에는 그냥 걷는 것도 힘든데 왜 쓸데없이 이렇게 앞으로 가기 전에 두어 번 밟아보는 건지 의문이 들 것이다.

하지만 그 의문은 이렇게 걸어보면 금방 풀린다.

단지 다리만 걷는 게 아닌, 사람은 몸까지 앞으로 이동하지 않는가?

그리고 이렇게 걸을 자리와 몸이 이동할 자리까지 다 만들어놓으면 앞으로 치고 나가기 훨씬 수월하다.

또한 이것도 숙련이 되면 당연히 빨라지고.

정육 녀석은 나의 그런 행동을 보고 물었다.

"힘들지 않으시오? 단지 걷기만 해도 이렇게 체력 소진이 심한데."

말을 주고받는 게 귀찮기는 하지만 아마도 꽤 걸어야 하는 거리이다 보니 이런 놈의 말동무라도 해줘야 심심하진 않을 것 같아서 대답해 주었다.

"너처럼 내공 바보들이나 힘들지."

"…내가 무공을 익힌 것은 어찌 알았소?"

정말 이놈은 바보인가? 아니, 백치인가?

난 녀석에게 따져 물었다.

"그럼 내가 모를 줄 알았냐? 심지어 팽 포졸도 다른 건 몰라도 너 무공 익힌 것은 알더라."

"……."

"하여간 무공을 사부 밑에서 편하게 배운 놈들은 그게 전부인 줄 알지."

나의 핀잔에 녀석은 발끈하며 외쳤다.

"편하게 배운 것은 아니오! 포두님의 체력이 비상식적인 것은 생각 안 해본 것이오?"

순간 나에 비하면 편하다는 말이 튀어나올 뻔했지만, 그럼 여러 가지 설명과 대답이 필요하니 그냥 되물었다.

"내 체력이 비상식적이 아니라 네놈 체력이 저질이라서 그래. 한데 네놈은 누구에게 창법을 사사한 거지?"

다소 뜬금없는 질문이기는 해도 전혀 상관없지는 않아서 물었다.

그런데 그놈은 갑자기 어금니를 깨물며 분기에 가득 차서 말하는 것이 아닌가.

으그득!

"그놈은 내 사부가 아니오! 은혜를 원수로 갚는 금수만도 못한 놈! 만약 그놈이 내 앞에 있다면 그놈에게 배운 무공으로 그놈의 목을 베고 내 스스로 무공을 폐할 것이오!"

뭔가 사연은 있어 보이는군.

어차피 가는 동안 시간은 많으니 한번 들어보기로 하고 계속 물었다.

"왜? 네놈에게 무공을 가르쳐 준 사람이 무슨 짓이라고 했냐?"

"그놈 상철지! 그놈이 모든 원인의 주범이오!"

"상철지?"

"그렇소. 과거 창귀로 졸렬한 위명을 얻고 운씨세가에 몸을 위탁한 파렴치하기 짝이 없는 놈이오!"

들어본 적도 없는 것으로 봐서 별로 신경 쓸 인물도 무엇도 아니었다.

나는 궁금하지는 않지만 심심한 와중이라 계속해서 물었다.

"그럼 운씨세가가 풍비박살 난 게 그 사람 때문인 거냐?"

"그렇소! 내가 어릴 때 무공에 재주를 보이자 운씨세가의 가주께서 그놈을 초청하였소."

"오, 그래도 재능이 있었나 봐?"

"남들보다 재능이 있는 것은 모르나 남들보다 끈기는 있었소."

"겸손하기는. 아무튼 그래서?"

"그놈은 처음에는 정치에 아무런 관심도 없는 척하며 나를 가르치는 것에만 집중했소. 그러나 그것이 그놈의 검은 속내인 것을!"

그래도 머리를 제법 굴릴 줄 아는 놈인가 보군.

주변 시선을 진정시키고 자신이 원하는 것을 이루는 것을 보니.

정육은 일단 한번 입이 열리자 계속해서 말을 쏟아내었다.

"한때나마 나는 그놈을 진정으로 따르며 스승으로 여기고 존경했소이다. 그가 보여준 헌신적인 자세 때문이기도 하였고, 나를 진정으로 위해주는 것처럼 보이기도 하였기 때문이오."

"으음, 그렇군."

"그러나 그놈은 그러한 것들과는 상관없이 철저하고 은밀하게 운씨세가를 조사하기 시작했소. 또한 마침 그때 운씨세가의 가주께서는 자신이 맡은 지방에 대해서 개혁적인 움직임을 보여주고 있을 때이기도 하였고 말이오."

"개혁?"

"그렇소. 운씨세가의 가주께서는 평민과 백성의 삶을 개혁하려고 하였소이다."

"구체적으로 어떻게 말이야?"

"매년 황실에 납부해야 하는 세율은 올라가는데 백성들의 수확량은 일정했소. 그러나 가주께서는 그러한 짐을 백성에게 부과하지 않고 자신이 대신 납부하였소."

"오오, 괜찮은 사람이었네?"

"훌륭하신 분이었지요. 그리고 자신이 부담하는 세율과는 반대로 백성들에게 거둬들이는 세율은 도리어 낮추었소."

나는 거기에 의문을 제기했다.

황제의 성격을 잘 아는데 그런 것 가지고는 꼬투리를 잡는 속 좁은 사람은 아니어서 말이다.

"설마하니 그것이 역모죄에 해당하는 것은 아닐 테고?"

"당연히 아니오. 이것은 문제될 것이 없었으나 시발점이 된 계기가 있었소이다."

"내가 알아본 바에 의하면 황궁 찬탈에 개인 사병을 키우고 암중의 세력을 조직화했다고 되어 있었는데 말이야. 그게 이유가 아니었나?"

"당치도 않소! 그분의 사병은 그야말로 치안을 유지하는 수준일 뿐 암중의 세력을 꾸미실 분이 못 되오!"

"음. 그렇다면 시발점이 되는 계기가 뭐지?"

"그것은 바로 노비 해방이었소."

나는 걷는 길을 멈췄다. 그리고는 내 귀를 의심했다.

뭐라고? 노비 해방?

나조차도 생각해 보지 않은 일이다.

물론 그들에 대해서 동정심과 존중의 자세를 가지고는 있지만 그 노비들이 누구인가.

바로 지방 호족 세력과 고관대작들의 재산이 아닌가.

그 노비들이 있었기에 그들은 재산을 유지하고 또한 재산을 불릴 수 있었다.

그런 그들을 해방한다고?

정육은 나의 행동이 이상한 것이 당연하다고 생각하는지 말을 계속 이었다.

"그렇소. 가주께서 행하고자 하던 것은 모든 노비가 그 굴레에서 벗어나는 것이 목적이었소."

"……."

나는 아무런 말도 하지 못했다. 반박도 하지 못했고 긍정의 뜻도 내보일 수는 없었다.

후우. 일단은 계속 걷자. 걸으면서 천천히 말을 들어봐야지.

내가 움직이자 정육은 말을 계속하였다.

"가주께서는 천천히 자신이 있는 곳부터 시작하려고 하였소. 너무 급하게 하려고 하지도 않았고 말이오."

"하지만 다른 호족들이 가만있지 않았을 텐데 말이야."

"다른 호족들은 아무런 반발도 없었소이다."

"음? 운씨세가의 권한이 그 정도였나?"

"권력에 눌려서 반발이 없었던 것이 아니오."

"그럼 뭐냐? 설마하니 그들도 노비에 대해서 운씨세가와 같은 뜻을 가졌다고 말 하려는 거야?"

말도 안 되는 소리다.

운씨세가의 그런 마음씨 착한 소리에 반발하지 않는 호족이 한 명도 없다는 것은 세상천지를 둘러봐도 정말 말도 안 되는 소리다.

정육은 담담하게 내 말에 대답해 주었다.

"그 일을 시작도 하기 전에 상철지 그놈이 고변했으니 반발을 하지도, 또한 그런 일도 없었소."

아, 그렇군.

그럼 얼추 말이 맞아들어 간다.

노비 해방이라는 말도 안 되는 죄목이기는 하지만, 더욱 중요한 것은 아직 시작도 안 된 일 가지고 역모로 몰 수는 없지 않는가.

그래서 말을 만든 것이다. 역모죄를 확실하게 뒤집어씌울 수 있는 이야기를 말이다.

멋진 놈들이군. 자신들의 이익에 반하는 것이라면 이렇게 단합이 잘되다니.

혼자서 역모죄를 뒤집어씌울 수는 없는 노릇이다. 아무리 승상이라고 해도 말이다.

난 녀석에게 다시 물었다.

"그래도 용케 네놈은 살아남았네?"

"그것도 음모였소. 내 무공이 어느 정도까지 오른 것을 본 상철지가 만약 내가 그 집에 상주한다면 가주와 가족들을 빼돌릴 수 있다고 생각하여 나에게 강호행을 명목으로 세가에서 내보낸 것이오."

정말 상철지라는 사람, 들으면 들을수록 대단하다고 느껴지는 것은 나의 오판이 아닐 것이다.

철저하게 계획을 세워 그 계획에 조금이라도 의심이 가는 것들을 치워 버린다.

영악한 사람이군. 아마도 상철지 그 사람은 황궁에서도 어느 정도 위치에 있는 것이 분명하다.

이런 일을 계획하고 실행할 정도의 사람이라면 조그마한 벼슬에는 신경 따위도 쓰지 않겠지.

이거 일이 꼬여가는데?

만약 상철지가 이번 일에 대해서 자그마한 단서나 꼬투리라도 잡는다면 철저하게 방해할 텐데 말이야.

내 생각이 기우였으면 좋겠군.

이런저런 이야기를 하는 도중 어느새 인적이 있는 곳에 도착하였다.

마을 규모는 그렇게 커 보이지 않지만 무림맹으로 향하는 길목에 있는 터라 사람들로 북적거렸다.

마을 초입에 들어서자 마을의 입구에 있던 포졸 한 명이 나와 정육을 의심스럽게 쳐다보며 물었다.

"이 마을에 처음이시오?"

나는 고개를 끄덕거리며 내 허리춤에서 호패를 꺼내 들어 포졸에게 내밀며 말했다.

"아, 내 장하현에서 포두로 있는 이가라고 하네."

원래 나 같은 관직을 가진 사람은 내 담당 지역을 벗어나면 그저 평범한 관리일 뿐이지만 그래도 신분 확인은 확실하게 되는 편이다.

또한 같은 녹을 먹고 사는 사람들의 동질감으로 조금의 편의를 보장 받을 수 있기도 하고 말이다.

나의 말에 포졸은 내 호패를 이리저리 보더니 목 인사를 하며 말했다.

"아아, 그러십니까? 한데 여기까지는 무슨 일입니까?"

"별일은 아니고, 그냥 포졸 한 명 데리고 겨울 경치나 구경하던 중에 변을 당해서 말이네."

문제긴 문제지. 마차가 부서졌으니. 그게 자의든 타의든 간에.

나의 말에 그 포졸은 인상을 구기면서 한숨을 내쉬며 말했다.

"혹시 당신들도 그 집채만 한 늑대에게 당한 것이오?"

전혀 다른 이야기이지만 괜히 여기서 이야기를 더 끌면 귀찮기도 해서 그렇다고 해주었다.

"아, 정말 죽을 뻔했소이다."

그 늑대가 죽을 뻔했지.

감정 없는 내 말에 포졸은 한숨 섞인 목소리로 말하였다.

"후우우. 아니, 무슨 마른하늘에 날벼락도 이런 날벼락이 없소이다. 갑자기 조용하던 길목에 호랑이도 아니고 그리 큰 늑대가 날뛰다니 말이오. 누가 일부러 풀어놓은 것도 아니고."

나는 포졸의 말에 의문을 표했다.

"그래도 짐승이 아니오. 솜씨 좋은 사냥꾼 몇이면 잡을 수도 있을 텐데 말이오?"

"에이, 그런 소리 마시오. 이미 해보았소. 마을에서 난다 긴다 하던 사냥꾼들을 데려다가 잡으려고 했지만 놈들이 워낙에 영악해서 괜히 쓸데없는 사람들만 죽었지. 오죽했으면 포청에서 그 늑대 목에 현상금까지 걸어놓았겠소."

뭐? 현상금?

아오! 아까워라!

미리 알았으면 다 족쳐서 끌고 오는 건데. 가뜩이나 무림맹까지 가는 경비가 아쉬운 판국에.

나의 아쉬움을 아는지 모르는지 포졸은 다행이라는 표정으로 길을 터주며 말했다.

"그래도 목숨 붙어 있는 게 다행인 줄 아시오. 그놈을 만났던 사람들 중에 사지 멀쩡해서 오는 사람은 손으로 꼽을 정도이니."

"천지신명이 보살펴 준 덕분이지요. 한데 여기서 가까운 객잔이 어느 쪽이오?"

"아, 이 길로 쭈욱 가서 오른편에 보면 괜찮은 객잔이 있소이다. 거기서 짐 푸시면 될 것이오."

"감사하오. 나중에 장하현에 들르면 보답하리다."

"무슨 이런 걸 가지고. 같이 녹을 먹는 사이에. 어서 들어가시오."

나는 문을 지키는 포졸의 환대 아닌 환대를 받으면서 마을로 들어섰다.

그리고 포졸이 가르쳐 준 객잔으로 이동하였고, 곧이어 객잔의 간판이 눈에 보였다.

상원객잔

하하하! 돈 많이 벌었구나. 여기다 분점까지 낸 것을 보니.

그러면서 몇 명뿐인 친우에게 그렇게 고깝게 굴어?

난 그 객잔에 당당하게 들어섰고, 곧이어 나를 마중 나온 점소이가 나를 맞이하며 말했다.

"어서 오십시오! 중원 최고의 객잔인 상원객잔에 오신 것을 환영합니다!"

"그래, 나도 마찬가지다."

나의 알 듯 모를 듯한 소리에 점소이는 고개를 갸웃거리며 물었다.

"예? 무슨 말씀이시온지?"

"나도 내가 여기 온 것을 환영한다는 소리지."

"혹시 객잔주와 아시는 분입니까?"

"아주 친밀한 관계지. 이런 이야기도 알 만큼."

상원이 녀석이 분점을 냈다는 소리를 우리에게 하지 않았다는 것은 그만큼 나와 호간이 녀석을 견제한다는 소리다.

아무튼 녀석은 자신의 객잔에서 대놓고 무전취식하는 나와 호간이의 외상을 파악하기 위해서 눈물을 머금고 외상하는 방법을 알려줬는데, 그것이 바로 이런 대화다.

녀석, 나와 호간이의 외상값을 파악하면 우리가 갚을 능력이 되는 줄 아나보다.

뭐, 호간이 녀석은 근근이 갚는다는 소리를 들었지만, 나에게 외상값을 받을 생각을 하다니.

하하하하! 세상이 멸망하기 전까지는 절대 못 받을 것이다.

나의 말에 점소이는 조심스레 나에게 물었다.

"혹시 이름이 이원생 되십니까?"

나는 당당하게 말했다.

"아니, 호간이다."

"그… 저기… 호간이라는 분의 생김새는 뚱뚱하다고 되어 있던데……."

말끝을 흐리며 말하는 점소이에게 나는 어깨를 쫙 펴고 말했다.

"호간이라니까!"

"……."

내 눈치가 보통 눈치겠는가.

이름을 물어볼 때부터 알아챘다. 아마도 내 이름을 대면 상원이 녀석이 내쫓아내라고 교육시켰을 테지.

후훗. 하지만 호간이 녀석 이름을 대면 그래도 그놈은 간간이 돈을 갚기는 하니 들여보내 줄 것이다.

점소이는 의심스러운 눈빛을 보내다가 나의 당당한 태도에 눌려 수긍하며 말했다.

"후우, 아무튼 호간님이 오셔서 다행입니다. 이원생이라는 분은 악귀의 형상을 한 천하에 다시없는 도둑놈이라고 들은 터라……."

상원이 이놈, 두고 봐라. 내가 무덤에 들어가는 그날까지 외상값 따위는 절대 갚지 않겠다.

나는 점소이의 말에 수긍하는 모습을 보이고는 말고삐를 넘겨주며 말했다.

"뭐, 그놈이 그런 면이 있지. 아무튼 내일 바로 떠날 테니 말 먹이도 잘 챙겨주고 잠자리도 잘 좀 보아주거라."

"알겠습니다. 그리고 이 층에 올라가셔서 두 번째 방으로 들어가시면 됩니다. 그럼 편히 쉬십시오."

나는 여전히 정육을 들쳐 멘 채로 점소이가 안내해 준 방으로 들어갔다.

그러자 정육이 물었다.

"양심에 찔리지는 않소이까?"

나는 정육의 말에 내 몸을 더듬거리며 말했다.

"그게 어디 있는데?"

"……."

"쓸데없는 데 신경 쓰지 말고 몸이나 추슬러라. 그리고 나는 마차나 알아보러 갔다 올 테니까 배고프면 점소이 불러서 알아서 챙겨 먹고."

"알겠소."

나는 녀석을 두고 마방이 있는 곳을 찾아 밖으로 나왔다.

그래도 제법 돈을 줘야 마차를 살 텐데 말이야. 지금 내 수

중에 돈이 별로 없는 것도 문제지만 내 돈을 써야 하는 최악의 상황이다.

얼마 되지도 않은 월봉 가지고 근근이 입에 풀칠하는 상황인데 마차를 사는 것은 어불성설.

그래, 그 늑대를 잡자. 그럼 돈도 벌고 마을의 안정도 지키는 일석이조가 아닌가!

하하하! 어제는 미안했다! 괜히 너희를 살려주었구나! 하하하하!

나는 기쁜 마음으로 늑대를 찾으러 마을 외곽으로 향하였다.

第七章

―마한지와 늑대들

"끄으으응."

"이 녀석들이 갑자기 웬 어리광이지?"

탁한 목소리가 외모와 너무나 잘 어울리는 남자였다.

덥수룩한 수염에 얼굴에는 흉터가 가득했고, 두꺼운 손은
솥뚜껑을 연상시킨다.

거기다 큰 키는 그 남자의 생김새를 더욱더 산적 두목으로
만드는 원동력이 되었다.

그 남자는 바로 마한지.

마한지는 자신이 부리는 늑대들의 머리를 쓰다듬어 주며 고민에 빠져 있었다.

어릴 때야 한창 어리광을 피울 나이였으니 그렇다 쳐도, 이렇게 커서 어리광을 부리는 경우는 이제껏 단 한 번도 없었다.

더군다나 이 늑대들은 야생성을 극대화시키다 못해 흉포함까지 갖춘 녀석들이 아닌가.

날카로운 발톱은 웬만한 철판도 짓이겨 버리며 이빨은 한 번 물었다 하면 웬만한 장정도 뼈째로 씹어 삼키는 녀석들이다.

그런 녀석들이 죽었으면 죽었지 무언가에 놀란 듯이 이리도 자신에게 배를 내보이면서 애교를 부리는 경우는 없었다.

마한지는 연신 고개를 갸웃거리면서 자신의 품안에서 어리광을 부려대는 늑대들을 쓰다듬고 있었다.

그러던 와중 어디선가 전서구 한 마리가 날아왔다.

마한지는 전서구를 자연스럽게 받아 들고는 여전히 늑대들을 쓰다듬으며 전서구를 읽어 내렸다.

푸드드득!

"음? 상철지 어르신의 전서가 아닌가? 웬만하면 부르지 않던 분이 갑자기 전서구까지?"

이상한 날이 겹쳤다.

이제껏 전서구까지 띄울 만큼 급하게 찾은 적이 없는 상철지가 이렇게 나섰으니 말이다.

마한지는 상철지가 보낸 전서의 내용을 천천히 읽어본 후 턱을 쓰다듬으며 생각했다.

'일이 겹쳤군. 그렇지 않아도 오늘 중으로 중원상단을 치려 했는데.'

그렇다.

마한지는 한가롭게 이곳에 산책이나 하러 나온 것이 아니었다.

바로 그의 목표는 무림맹으로 물건을 올리는 중원상단을 치는 것.

'쯔읏. 쓸데없이 옛날 일 때문에 고생이군.'

강호에서 한창 활동할 때의 마한지의 호는 견출상낭(犬出殺狼)이었다.

개와 늑대들을 이용해서 살육을 행하는 그의 행동에서 붙여진 호.

그는 의뢰 받은 상대를 죽이고 난 후 나중에 확인조차 되지 않게 개와 늑대의 먹잇감으로 시신을 활용할 만큼 성정이 잔혹하고 치밀하였다.

그러나 꼬리가 길면 밟히는 법.

그의 그런 살행은 얼마 가지 않아 무림맹의 표적이 되었다.

수법 자체도 잔악하고 시신까지 훼손하는 마한지를 결코 곱게 볼 리가 없는 무림맹이었던 것이다.

마한지는 결국 무림맹의 공적이 되었고, 신분을 숨기고 살다 우연치 않게 상철지의 눈에 띄어 관에 몸을 맡기고 새로운 인생을 살고 있었다.

그러던 와중에 예전에 자신에게 의뢰를 맡겼던 사람들 중 중원상단의 고위직 한 사람이 자신을 발견한 것이다.

마한지의 입장에서는 난감한 상황.

더군다나 그 중원상단의 고위직은 지금 마한지가 처한 상황을 모르고 거액의 의뢰를 서슴없이 맡겨온 게 아닌가!

한눈에 보아도 눈이 돌아가는 금액.

마한지는 자신의 처지도 생각지 못하고 덜컥 의뢰를 수락해 버렸다.

'쓰팔! 내가 돈독이 올랐지, 올랐어! 이놈의 기생질을 때려치우든가 해야지.'

관에서 나오는 녹봉으로는 수도 내에서의 씀씀이도 감당하지 못했다.

강호에서 활동할 때 수중에 있던 돈은 전부 자신의 신분을 감추는 데 사용하지 않았던가!

그나마 그 녹봉을 꼬박꼬박 모아서 두어 달에 한 번은 싸구

려 기생질이라도 하던 것이 마한지의 유일한 낙이었다.

이러던 와중에 그런 거액을 보았으니 눈이 돌아가지 않을 수는 없는 마한지였다.

'후우, 그래도 다행이긴 하군. 장소가 겹치는 것이 일 처리는 쉽겠어.'

중원상단이 올라오는 속도를 보면 거의 오늘 내에 강촌에 들어설 것이다.

또한 상철지의 전서를 읽어보니 그들도 이 근처에 있을 확률이 높았다.

이 정도 눈이 왔으면 마차든 뭐든 분명히 속도가 느려질 수밖에 없다.

마한지는 거구를 일으켜 세워 기지개를 켜며 늑대들에게 중얼거렸다.

"이놈들이 간만에 포식을 하겠구나."

크르르르르!

마한지는 말과 함께 일순간 살기를 내뿜었다.

그에 반응한 늑대들도 주인의 심경을 읽었는지 이빨을 드러내며 그르렁거렸다.

마한지는 곧이어 늑대들을 이끌고 상철지가 전서에서 말한 '그들'과 중원상단을 맞이하러 움직였다.

사무치게 시린 이 겨울,

먹잇감을 찾으러 말이다.

—이원생

"흠. 분명히 여기로 던졌는데 말이야. 이거 눈 때문에 여간 흔적을 찾기가 힘드네."

하긴 마을로 들어가는 도중에도 눈이 왔으니 파인 흔적은 거의 메워져 있을 공산이 컸다.

그래도 크기가 크기이니만큼 파인 자국이 크게 났으려나 싶어 이리저리 두껍게 쌓인 눈을 쑤셔보고 있는데 아무래도 발자국을 찾기가 쉽지 않다.

나는 현재 마을 외곽과 좀 떨어진 곳에서 늑대들의 행방을 찾아 둘러보고 있는 중이다.

여비 마련의 목적도 있지만, 그래도 그 정도 크기의 늑대가 사람 사는 마을 주변을 활보하고 다니면 백성의 안전에도 큰 문제가 있을 것이다.

또한 나의 정의감 넘치는 양심이 그놈들을 용서할 수 없었다.

커험. 이거 내가 생각해도 조금 양심에 찔리는군.

그건 그렇고, 어제 던져 버린 놈들이 그런 가치가 있는 놈들이었으면 애지중지 다뤄주었을 텐데.

쓰읍. 말을 하지.

그러면 그렇게 쉽게 놓아주지는 않았을 텐데 말이다.

쩌엄. 눈이 이렇게 쌓인 경우 사람을 추적하는 경우는 별로 어렵지 않다.

아무리 흔적을 감추려고 해도 어찌 되었던 뭐라도 남아 있으니 말이다.

그러나 동물들은 다르다. 그들은 본능적으로 흔적을 감추려 한다.

상위 포식자들에게 먹잇감이 되지 않으려는 본능이다.

발자국 몇 개 발견했다고 그들이 떡하니 나타나는 것은 아니다.

더군다나 어제 본 놈들은 제법 머리가 있는 놈들.

아무리 내가 무서워 꽁무니를 뺐다 하더라도 추적의 빌미는 남겨두지 않았을 것이다.

하지만 그래 봤자 지들이 동물이지.

나는 녀석들의 흔적을 찾는 대신에 그 녀석들의 영역을 찾기 시작하였다.

분명히 녀석들은 자신들의 영역을 표시해 놓기 위해서 나무나 돌에 표식을 해놨을 것이다.

백야의 설원을 방불케 하는 곳을 이리저리 둘러보는데 매우 굵직한 나무들이 군락을 이루고 있는 곳이 보였다.

숲은 아니고 띄엄띄엄 자라 있는 것이 특이하긴 하였지만 주변에서 찾는다면 찾아볼 수 있는 지형이긴 하다.

나는 그곳으로 흘러들어 갔고, 그 나무 둥치들을 살피는 도중에 찾는 것이 보였다.

"흐으. 나의 돈줄들, 여기 있었구나."

분명히 늑대의 것으로 보이는 발톱 표식이다.

크기도 보아하니 어제의 녀석들이 분명했다.

눈에 쌓여 있긴 하여도 송진이 굳은 걸로 봐서는 필시 근래에 찍힌 것이다.

조금만 기다려라! 내가 가마!

나는 이곳에서 제일 높은 나무에 올라섰다.

타타탁!

휙!

그곳에 올라서자 탁 트인 시야와 폐부가 얼어붙을 것 같은 바람이 몰려왔다.

그러나 나는 그런 것에는 아랑곳하지 않고 주변을 둘러보며 그놈들이 서식하기 좋은 환경을 찾아보았다.

그렇게 영역이 넓지는 않을 것이다.

이곳도 충분히 먹잇감이 넘쳐나는데 긴 거리를 이동하는 불상사는 없을 것이다.

사람도 공격하는 놈들인데 무엇이 무섭겠는가.

나는 천천히, 그리고 촉각을 곤두세우고 그놈들이 있을 만한 곳을 훑어보았다.

그리고 얼마가 지나지 않아 내 시선을 붙잡는 곳이 있었다.

씨익.

나는 이빨을 드러내며 웃었다.

저기다.

확신이 서자 곧바로 움직였다.

이 추운 겨울에 더 이상 밖에 있고 싶지도 않았고, 내일을 준비하려면 오늘 가서 쉬는 것도 중요한 일.

나는 나무에서 훌쩍 뛰어내려 그곳으로 이동하기 시작했다.

보통 무릎 높이까지 빠지는 눈이었지만 나는 사뿐한 걸음걸이로 그 위를 지나갔다.

누가 이 모습을 보았다면 답설무흔을 떠올리겠지만 엄연히 이 경지는 다르다.

비은이라는 희대의 경공을 창시해 낸 그 늙은이는 특이하게도 내공 소모를 하지 않고 경공을 쓰는 방법을 찾아내었는데, 그것을 외공에서 찾았다.

내공의 경지가 어느 정도 오르게 되면 신체의 단련을 게을리 하는 강호인들이 태반이다.

오죽했으면 거대 문파의 문주조차 내공에 힘을 쏟지 신체 단련에는 인색한 편이다.

나는 처음부터 강호인이 아니었기에, 또한 무공이라는 개념을 살아남기 위해 배워서 그런지 몰라도 비은의 개념을 잘 받아들였다.

가장 기초적인 비은의 원리는 바로 이것.

몸 중심의 배분과 힘의 조절이었다.

적절한 힘이 가해진 걸음걸이는 소리조차 나지 않았다.

거기다 중심의 이동까지 배합된다면 별로 힘들이지 않고 몸을 빠르게 전진할 수가 있는 것이다.

그리고 거기에 살짝 더해진 내공은 경공의 완성도를 더욱 더 높이면서 다른 경지에 이르도록 자연스럽게 만들어준다.

물론 적절하게 힘을 분배하는 방법과 중심 이동이 자유롭게끔 몸을 만드는 데에는 지랄 같은 훈련이 필요하긴 하다.

망할 늙은이.

그때는 애라서 멋도 모르고 시키면 다 했지만 지금 하라고 하면 때려죽일 것이다.

굶주린 뱀을 풀어놓고 거기를 미친 듯이 뛰어서 지나가라고?

미쳤지. 어후.

나는 옛날 일을 생각하면서 몸서리를 친 후 내가 보아두었던 장소에 도착하였다.

도착하자마자 혈향이 코를 자극한다.

역시나. 내 눈썰미는 정확했다.

이곳이 녀석들의 영역이었다.

나는 주변을 둘러보고는 굵은 나뭇가지 하나를 꺾어서 몽둥이로 만들었다.

맨손으로 패도 되겠지만 그러다가는 자칫 가죽이 상할 수가 있었다.

역시 개는 몽둥이로 때려잡아야 제맛이지.

흐흐. 어디 있니, 우리 귀염둥이들?

아마도 녀석들은 자고 있을 것이다.

늑대들의 습성을 볼 때 낮보다 밤을 더 선호하는 놈들이니까.

나는 서서히 주변 수풀을 헤집어서 그놈들의 은신처를 찾았다.

그 큰 세 마리가 다 들어갈 동굴이나 움푹 들어간 곳을 찾는 데에는 그렇게 많은 시간이 들지 않았다.

하지만 그 후가 문제였다.

"없네?"

이것들이 낌새를 눈치채고 튀었나?

아니다. 그러지는 않을 것이다.

녀석들이 머물렀던 곳에 아직 온기가 남아 있으니 도망친 것 같아 보이지는 않았다.

거기다가 이 녀석들의 은신처를 자세하게 살펴보니 뭔가 한 마리가 더 있는 눈치다.

오호, 그럼 어제 그놈이 대장이 아니었다는 말인데.

흐흐. 뭐, 더 잘되었지.

세 놈은 관에 넘기고 한 놈은 가죽을 벗겨 팔아먹으면 되니까.

하하하하! 이거 횡재했군!

역시 하늘은 열심히 사는 사람을 버리지 않아. 하하하!

근데 내가 열심히 살았나? 생각은 안 해봤는데 아무튼 열심히 살았다.

나는 쓸데없는 생각은 뒤로 제쳐두고 그놈들이 지나간 흔적을 보았다.

척하니 남겨둔 그 녀석들의 발자국에 흡족한 미소를 짓고는 사랑스러운 방망이를 매만지며 이동했다.

흐흐흐, 오늘은 일진이 좋군. 이놈들을 안주 삼아 한잔 걸쳐도 좋겠어.

꿀꺽.

벌써부터 목으로 들어갈 탁주와 고기에 침이 넘어가며 나는 서서히 녀석들의 뒤를 밟기 시작하였다.

햇살이 따사로움을 넘어 뜨겁게 내리쬐는 정오에 말이다.

─중원상단과 이원생

"어제 내린 눈이 무색하게 오늘은 햇볕이 뜨겁기까지 하는
군요."

천하에 내놓아도 손으로 꼽을 만한 미녀 중 한 명이자 중원
상단의 상단주 자리를 놓고 오늘도 힘겹게 싸우는 중인 이화
정은 옆에서 나란히 걷고 있는 모팔모에게 말을 건넸다.

모팔모는 이화정의 말에 고개를 끄덕거리면서 탁한 음성
으로 대답해 주었다.

"아무리 날씨를 하늘이 정한다 할지라도 겨울 날씨가 이리
도 변덕이 심할 줄을 몰랐습니다."

"후우우."

모팔모의 말에 이화정은 깊은 한숨을 내쉬며 어제의 일을
떠올렸다.

'밤에도 강행군을 펼치는 것이 아니었어. 사방에서 눈보라
가 몰아치는데도 시일보다 빨리 도착하려고 욕심을 부리다
니.'

보통 상단의 출행길이라는 것이 시간 싸움이 대부분이다

보니 물건의 품질도 품질이지만 얼마나 빠른 시간 내에 원하는 물량을 맞춰줄 수 있는지가 관건이었다.

심지어 이런 조건으로 상단의 서열을 매기기도 하는 문파나 큰 상점이 늘어가고 있는 추세였다.

이화정은 이것을 알고 무림맹과의 계약을 위해서 무림맹에서 지정한 시일보다 빨리 물건을 옮기려고 하였다.

그러나 사람의 일이라는 것이 무조건 강행한다고 해서 이루어지는 것은 아니다.

그녀는 지난밤 그것을 뼈저리게 느꼈다.

'지금 여기서 더 무리했다가는 상단 사람들의 체력이 무림맹에 도착하기도 전에 바닥나겠어. 후우우.'

이화정 그녀와 모팔모는 괜찮다고 하나 상단은 그녀와 그뿐만이 아니었다.

수십 명의 짐꾼과 호위하는 사람들로 이루어져 있는 하나의 조직이었다.

이화정은 천천히 사람들의 얼굴을 쳐다보며 결정을 내렸다.

"모 부단주님."

"아, 무슨 일이라도?"

"오늘 일정은 여기서 마무리 짓는 걸로 하시지요. 다들 밤새 그 눈보라를 헤치고 정오까지 걸었으니 말이에요."

차분한 이화정의 말에 모팔모는 짐짓 심각한 표정으로 무겁게 고개를 끄덕이며 말했다.

"저도 같은 생각입니다. 어젯밤에 아무런 일도 없었다면 오늘 저녁까지 걸어도 괜찮겠지만 밤새 눈보라가 어마어마하였으니 상단원과 말들도 많이 지쳤을 것입니다."

"같은 생각이시니 다행이에요."

이화정은 입술을 앙다물어 궁색한 미소를 지어 보였고, 그 모습을 본 모팔모는 쓴웃음을 지으며 다시 말을 이었다.

"상단주도 좀 쉬시는 것이 좋을 듯합니다."

"전 괜찮습니다. 나중에 쉬어도 충분합니다."

"제가 보기에는 괜찮지 않습니다. 또한 상단주가 쉬지 않는데 상단원들이 상단주의 눈치를 보느라 어디 쉬려고 하겠습니까. 상단주가 먼저 들어가서 쉬어야 아랫사람들도 편하게 두 다리 뻗고 쉴 수가 있을 것입니다."

이화정은 모팔모의 말이 틀린 말을 아닌 듯싶었다.

그러나 그녀는 막중한 책임감이 가슴을 짓눌러와 자연스레 고개를 저을 수밖에 없었다.

"아닙니다. 상단주인 제가 어찌 쉴 수가 있겠습니까. 저는 괜찮으니 상단원들이나 신경 써주십시오."

그녀의 고집은 그녀의 아버지를 떠올리게 만들었다.

모팔모는 예전 기억을 떠올리며 이화정의 등을 떠밀었다.

"이제껏 상단과 같이 걸어온 것으로 충분합니다. 그러니 나중을 위해서라도 쉬십시오. 만약 상단주가 쓰러져 버린다면 상단원들은 어찌할 것입니까?"

모팔모는 그녀의 아버지를 떠올리며 어떠한 말로 설득해도 소용없다는 것을 알고 있다.

그래서 근본적인 질문을 던지면서 강제로 떼미는 전략(?)으로 바꾼 것이다.

이렇게라도 하지 않으면 그녀는 필시 오늘 하루 종일 걱정에 쉬지도 먹지도 못할 것이기 때문이다.

이것을 잘 아는 모팔모는 기어이 이화정을 그녀가 원래 타야 할 마차로 끌고 갔다.

모팔모는 이화정에게 진심을 담아서 애원하듯이 말했다.

"어서 올라가십시오. 뒷일은 제가 챙기겠습니다."

"하지만 부단주께서도 많이 피곤하실……."

이화정의 걱정 섞인 말을 자르면서 모팔모는 살짝 역정을 내며 말했다.

"그러니 상단주가 편히 쉬어야 저도 편히 쉴 것이 아닙니까. 어서 들어가십시오."

이화정의 짜증 섞인 말이지만 속내는 자신을 걱정하는 것임을 알기에 한숨을 내쉬면서 모팔모에게 부탁을 건네며 고개를 숙여 보였다.

"하아, 알겠습니다. 부단주의 말에 따르겠습니다. 나머지
는 잘 부탁드리겠습니다."

"허어, 알겠으니 어서 들어가서 몸 좀 눕히십시오."

모팔모는 억지로 이화정을 마차에 쑤셔 넣었다.

이화정은 모팔모의 성화에 못 이겨 마차에 오르며 생각했
다.

'만약 모 부단주가 없었으면 어떻게 됐을까. 하아.'

생각만 해도 고마움이 느껴지는 모팔모이다.

모팔모가 없었다면 이화정 그녀는 작은아버지에 밀려 이
미 강제로 혼인하고 어디론가 쫓겨났을 것이 분명했다.

상단을 운영하는 법도 미숙했고 출행을 나서는 것도 경험
이 부족했다.

심지어 상단원들을 어떻게 다뤄야 하는지도 몰랐던 그녀
이다.

모팔모는 그런 그녀에게 하나부터 열 까지 모든 것을 소상
하고 천천히 알려주었고, 심지어 부단주로 있으면서 이화정
을 보필하기까지 하였다.

믿을 말한 사람을 눈에 씻고 찾아봐도 없는 그녀의 주변에
오로지 자신의 생명을 맡기어도 될 한 사람.

이화정은 그런 모팔모에게 진심으로 감사의 마음을 느끼
며 마차 한곳에 마련된 자신의 침상에서 천천히 잠었다.

이화정이 곤히 잠든 마차 밖에서는 모팔모가 상단원들을 하나하나 점검하며 임시로 쉴 거처를 만들고 있었다.

"상단원들은 세 사람씩 조를 짜서 짐을 정리하고 각자 쉴 곳을 만들도록 하라!"

모팔모의 외침에 상단원들은 반색하며 얼굴이 펴졌다.

그 모습을 본 모팔모는 고개를 끄덕거리면서 쉬어가기를 잘했다고 생각하였다.

'조금만 더 재촉했으면 쓸데없는 부상자만 속출했겠지. 후우.'

모팔모는 계속해서 주의 사항과 해야 할 일들을 말해주었다.

"제법 눈이 쌓인 터라 바닥을 두껍게 깔아야 할 것이다! 또한 주변에 고목나무나 나뭇가지들을 모아 불을 지피고 젖은 의복을 말리도록 하라!"

겨울에는 특히 젖은 의복을 조심해야 했다.

다른 계절에도 조심하여야 하지만 겨울에는 그것이 생명과 직결되는 문제이기 때문에 특히나 신경을 써야 했다.

또한 젖은 의복을 입고 다니면 동상에 걸릴 수가 있음을 잘 아는 모팔모였다.

모팔모의 말에 상단원들을 분주하게 움직이기 시작하였다.

삼사오오 모여 일사불란하게 자신들이 쉴 공간을 만들어 내기 시작하였다.

천막이 세워지고, 불이 지펴지고, 상단원들의 원기를 회복 하기 위해서 음식이 만들어졌다.

호위하는 사람들은 각자 병장기를 점검하고 높은 지대에 올라가서 보초를 섰으며, 마차를 끌고 가는 말은 따듯한 물과 충분한 휴식을 취할 수 있도록 짊어진 모든 것을 풀어놓았다.

이 모든 것이 한 식경도 되지 않는 사이에 이루어진 일이 다.

대규모의 상단은 아니었지만 중상 규모의 상단을 이루고 있는 이화정의 상단이 어느 정도로 규율이 잘 갖추어졌는지 반증해 주는 사례이다.

모팔모의 정확하고 간단명료한 지시에 일사불란하게 휴식 을 취하는 상단원들은 그렇게 천천히 원기를 회복해 가고 있 었다.

*　　　*　　　*

"후우후우! 이런 개X만 한 것들! 감히 이 마한지를 개고생 시키다니!"

화가 머리끝까지 치솟은 마한지였다.

그도 그럴 것이, 마한지가 원래 예상한 중원상단의 이동 경로는 이곳이 아니었다.

중원상단만 한 규모의 상단이 빠르게 이동하지 못할 것임을 알기에 마한지는 느긋한 마음으로 예상했던 장소로 자신의 늑대들을 이끌고 간 것이다.

그러나 자신의 그러한 예상을 중원상단은 철저하게 부숴 버렸다.

뭔가 잘못되었다는 것을 깨달은 마한지는 오전 내내 마차의 흔적을 따라서 겨우 정오가 넘어서야 중원상단을 따라잡은 것이다.

그야말로 자만이 부른 개고생이었던 것이다.

마한지는 얼마나 분한지 콧김을 씩씩 불어대면서 죽일 듯한 눈빛으로 아래에 펼쳐져 있는 중원상단을 쳐다보며 생각했다.

'내가 이런 뭣 같은 고생을 해가면서 쫓아왔는데 저놈들은 편히 자리를 봐가면서 누울 준비를 하다니. 그래, 눕거라. 그 자리가 네놈들의 무덤이 될 것이니 말이야.'

원래의 계획대로라면 마한지는 조용히 이화정과 모팔모만 죽이고 갈 생각이었다.

중원상단 규모의 사람들을 다 죽여 없애 버리기에는 너무나도 사람이 많았다.

또한 다 죽여 없애 버렸다가는 괜히 자신의 흔적이 남을 수도 있었다.

겨우 자신의 흔적이 무림맹의 관심사에서 벗어났는데 긁어 부스럼을 만들 필요는 없었다.

그러나 지금 그는 매우 분노한 상태였다.

원래의 성격도 그렇게 진중하고 차분한 성격은 못 되었던 터라 마한지는 처음의 계획을 망각하고 저 많은 사람을 전부 늑대 밥으로 만들어야 할 생각밖에 못하고 있었다.

마한지는 공력을 끌어올리면서 흉흉한 살기를 내뿜으며 탁한 목소리로 중얼거렸다.

"내 귀여운 개들이 도착하는 그 순간 네놈들은 한낱 개밥으로 세상에 길이 기억될 것이다. 흐흐흐흐."

너무 빨리 쫓아오느라 늑대들을 뒤에 남겨놓고 온 마한지였다.

그래도 자신 혼자서 상단을 치는 행동은 하지 않는 것을 보면 이성이 조금씩 회복되어 가는 것처럼 보였으나 그것은 착각이다.

그저 습관처럼 몸에 밴 준비성 때문에 완벽하게 상황이 만들어질 때를 기다리는 것뿐.

절대로 일반적인 사람들이 생각하는 이성 따위는 존재하지 않는 그였다.

마한지는 늑대들이 오기만을 기다리며 중원상단을 흉흉한 눈빛으로 주시하고 있었다.

그는 천천히 보초를 서는 사람들과 중원상단의 사람들 중 무공을 익힌 사람이 있는지, 또 그 사람의 실력이 어느 정도 되는지 가늠해 보았다.

'보초를 서고 있는 놈들은 전부 삼류나 이류 정도 되어 보이는군. 으흐. 하지만 저기서 지휘하고 있는 놈은 일류 이상은 되어 보여.'

모팔모의 실력을 자신과 동급 정도로 평가한 마한지였다.

그러나 무공 실력과는 무관한 것이 마한지에게는 있었다. 그것이 바로 자신이 키우는 늑대의 존재.

'보초들을 먼저 도륙하고 저놈만 제압하면 이놈들은 전부 죽은 목숨이군. 으흐흐.'

마한지는 한 사람도 살려 보낼 생각이 없었다.

그저 학살할 생각밖에 없는 것이다.

그리고 마한지가 흉흉한 기운을 숨기지 않고 중원상단에 대한 생각을 마무리해 갈 때쯤, 뒤에서 익숙한 존재가 마한지를 반겼다.

크르르르르!

"녀석들, 왔구나. 그래, 나를 따라오느라 배가 많이 고프겠구나. 흐흐흐."

마한지는 광소를 흘기면서 늑대들을 반기었고, 늑대들은 마한지의 그러한 말에 대답이라도 하는 듯 으르렁거렸다.

컹! 크르르륵!

"그래그래, 그래서 내가 너희를 위해서 만찬을 준비하지 않았느냐! 자아, 마음껏 즐기거라! 흐하하하하!"

중원상단이 쉬고 있는 곳을 가리키며 늑대들에게 말하는 마한지.

그는 거리낌 없이 그곳으로 돌진하기 시작했다.

두두두두!

풀쩍!

마한지는 자신의 눈에 먼저 걸린 보초를 향해 쏜살같이 뛰어들어갔다.

마치 한 마리의 야수가 먹잇감을 노리고 쏘아가는 듯한 움직임에 보초는 무어라 말을 할 순간도 없이 눈을 부릅뜨며 병장기를 고쳐 쥐었다.

"흐읍!"

끼릭!

미처 칼집에서 칼이 빠져나오기도 전에 마한지는 보초의 목을 움켜잡았다.

덥석!

"……!"

우드드득!

마한지는 한 치의 망설임도 없이 보초의 목을 꺾어 넘기고는 뒤도 돌아보지 않고 다른 보초에게 몸을 날렸다.

그러자 반대편에서 쳐다보고 있던 다른 보초가 마한지의 존재를 확인하고는 상단에 알리려는 순간,

"적이…… 크악!"

크와왕!

콰직!

어느새 마한지의 늑대 중 한 마리가 보초의 목을 물어뜯으며 진득한 피를 바닥에 뿌려대었다.

순식간에 세 명의 보초가 아무런 말도 못하고 바닥에 나뒹굴었고, 그렇게 중원상단의 십수 명의 호위가 쓰러져 나갔다.

그러나 이 은밀한 살행이 계속되지는 못하였다.

보초들에게 식사를 올리러 간 상단원이 보초가 습격 받은 것을 보고 즉각 알렸기 때문이다.

"습격이다! 적이 나타났다!"

그 알림에 상단원들이 곧바로 적이 나타났음을 알리는 종소리를 울렸다.

중원상단은 지체 없이 상단의 물품을 챙기면서 마차 주위로 방어 태세를 갖추었다.

쉴 때와 마찬가지로 일사불란한 움직임.

마치 오랜 시간 연습한 것처럼 보인 그들의 모습이다.

그러나 이미 많은 수의 호위가 쓰러져 나갔고, 남아 있는 호위의 숫자는 기껏해야 다섯 명 정도였다.

모팔모는 갑작스러운 습격에 당황한 기색을 보였지만 이내 마음을 가라앉히고 도를 챙겨 들고 이화정이 탄 마차를 호위하며 호위들에게 물었다.

"무슨 일이냐?"

모팔모의 외침에 호위 중 한 명이 주위를 경계하면서 말했다.

"습격입니다! 보초를 서고 있던 무사들이 아무런 낌새도 채지 못하고 당한 것을 보면 철저하게 준비하고 있던 자들 같습니다!"

준비는커녕 무리가 아니라 마한지 혼자라는 사실을 알게 되면 이 호위는 까무러쳐 기절할 것이다.

호위의 보고에 모팔모는 눈살을 찌푸리며 생각했다.

'그럼 처음부터 습격을 할 작정으로 따라온 것인가? 무림맹까지의 이동 경로는 상단의 수뇌부밖에 모르는 상황. 설마…….'

모팔모의 예측은 정확했다. 바로 이화정 작은아버지의 노림수였다.

'얼음 수송 건의 성공으로 입지가 높아지자 이제 아주 죽여 없애기로 작정한 것인가? 이런 금수만도 못한 놈!'

대외적으로 수도에 얼음을 납품한 것은 아니었지만, 상단 수뇌부에서는 이화정이 가져온 이윤을 바탕으로 얼음을 납품한 것으로 추측했다.

그렇지 않고서야 그 정도의 이윤은 꿈에도 못 꿀 것이 아닌가.

이 일 이후로 이화정의 중원상단에서의 입지는 더욱더 견고해졌다.

얼음 배송 이전에는 단순히 중원상단의 상단주 딸에 불과했지만 얼음 배송 이후에는 당당히 중원상단을 이어받을 차기 후계자로 인정받지 않았는가.

'내 기필코 이 일을 조용히 넘기지는 않을 것이다, 이남생!'

중원상단의 차기 주인으로 불리는 이남생!

이화정의 작은아버지인 그는 중원상단주인 이화정의 아버지가 쓰러진 이후부터 실질적인 지배자였다.

단지 물욕에 대한 욕심이 지나쳐서 중원상단의 수뇌부들이 꺼려 하는 인물이기 하였으나 그의 장사 수완은 이화정의 아버지보다 좋았다.

이화정의 아버지는 다른 중소 상단들과 상생하며 이윤은

얼마 되지 않더라도 같이 살아가려 하였다.

하지만 이남생은 그 중소 상단들을 흡수하여 자신의 것으로 만들려 하였다.

독점 체제의 구축!

바로 그것이 이남생이 추구한 수단이었다.

중원상단의 수뇌부들도 상단의 수익이 나는 것을 반대하지는 않았지만, 이남생의 사업적 수단에는 껄끄러운 것이 사실이었다.

사람을 칼과 창으로 압박하는 것보다 돈으로 압박하는 것이 더욱더 절망적인 상황에 처한다는 것을 그들은 누구보다 잘 알고 있었다.

이남생이 돈을 벌면 반드시 누군가 죽어 나가는 것이 보통이었다.

아무리 돈이 좋다 한들 중원상단을 꾸려나가는 이들도 사람이다.

사람들이 죽어가면서 벌어들이는 돈이 결코 좋지만은 않았던 것이다.

그래서 현재 중원상단은 이남생과 이화정, 이 둘의 내부적인 싸움으로 번져 가고 있었다.

모팔모는 눈을 부릅뜨고 어디서 올 줄 모르는 습격에 대비하고 있었다.

그런 가운데 이화정이 아무리 곤히 잠들었다고는 하나 이 소란에 깨어나지 않을 수 없었다.

이화정은 마차에서 급하게 나와 모팔모에게 물었다.

덜컥!

"부단주님, 도대체 지금 무슨 일이⋯⋯!"

모팔모는 앞을 주시하면서 이화정을 자신의 뒤로 숨겼다.

그리고는 차분하게 상황을 설명하였다.

"이미 십여 명의 보초가 당했습니다. 아마도 누군가의 사주를 받은 무리의 습격으로 보입니다. 상단주께서는 전투가 벌어지면 위험할 터. 마차에 몸을 숨기었다가 위험한 상황이 되면 즉시 이곳을 벗어나십시오."

모팔모가 도를 고쳐 잡으면서 이화정에게 말하자 이화정은 모팔모의 말에 단호하게 말했다.

"저는 이 상단을 이끌고 있는 상단주입니다. 차라리 여기에서 같이 죽으면 죽었지 결코 도망치지는 않을 것입니다."

굳은 의지를 담아 말하는 이화정의 말에 모팔모는 언제고 올지 모르는 습격에 경계하며 말을 이었다.

"모르는 소리 하지 마십시오. 만약 상단주께 무슨 일이 생긴다면 상단에 있는 작은도련님은 누가 돌볼 것입니까?"

"⋯⋯."

"그러니 제 말을 들으십시오."

모팔모의 말에 아무런 대답을 하지 못하는 이화정이었다.

그렇다. 자신의 목숨은 두 번째이고 자신보다 한참 어린 동생은 어찌할 것인가.

만약 자신이 방패막이가 되어주지 않았다면 이미 동생은 중원상단의 권력 암투에 휘말려 목숨을 잃었을 것이다.

이화정은 아랫입술을 질끈 깨물며 모팔모에게 다짐하듯이 말했다.

"이길 수 있으시죠, 부단주님?"

모팔모를 믿는 이화정이다. 그런 믿음에 모팔모는 고개를 끄덕이며 말했다.

"제가 누구입니까! 한때 강호 무림에서 패력도 모팔모라고 불렸던 사람입니다! 걱정 마십시오!"

패력도!

도의 성격상 패도적인 기운은 어쩔 수 없을 것이다.

그 때문에 검을 쓰는 검수들은 도를 사용하는 사람들을 보고 미련하다느니 무식하다느니 하며 무시하고는 하였다.

그러나 그런 강호 검수들조차 무시할 수 없는 도수(刀手)가 있었으니,

바로 패력도 모팔모였다.

도의 패기(覇氣)도 패기였지만 그 도를 휘두르는 힘 또한 패기 못지않은 기운을 자랑하는 그였다.

강호의 검수들조차 한 수 접어준다는 패력도 모팔모.

그가 바로 이화정의 앞을 지키고 서 있었다.

이화정은 모팔모의 말에 흐뭇하게 웃으면서 모팔모를 뒤에서 꼬옥 안아주며 말했다.

스윽.

"감사해요."

모팔모는 그러한 이화정의 행동에 흐뭇하게 웃음을 지으면서 말했다.

"저만 믿으시고 올라가 계십시오, 상단주."

꼭 지켜주겠다는 백 마디 말보다 모팔모의 말에 더욱 믿음이 가는 이화정이었다.

이화정은 잠시간 모팔모를 안고 있다가 이내 팔을 풀어내며 마차로 올라가려 하였다.

그러나 그것을 결코 허락하지 않은 사람이 있었으니.

"크하하하! 감동적이어서 눈물이 다 나오는구나!"

바로 마한지였다.

마한지는 조용하게 한구석에서 어떠한 방법으로 방어를 하는지 눈여겨보고 있었다.

역시나 자신의 습격에 상단의 물품을 방어하는 모습을 보이는 것이 전형적인 상단의 모습이었다.

기다릴 것도 없었다.

몇 명의 호위는 자신의 늑대들에게 맡기면 되는 것이고, 모팔모야 자신과 손속을 나누는 도중에 호위들을 정리한 늑대들의 도움으로 손쉽게 제압이 가능할 것이니.

모팔모는 크게 웃음을 터뜨리며 나타난 마한지를 경계하며 말했다.

"네놈은 도대체 누구의 사주를 받았기에 대륙 오대상단 중 한곳인 중원상단을 습격한단 말이냐!"

그러자 마한지는 실소를 터뜨리며 말했다.

"흐하하하! 뭐라? 누구의 사주? 나 마한지가 고작 누구의 사주를 받아 움직일 것으로 보이느냐!"

마한지는 사주를 받지 않았다. 그저 거래를 한 것뿐이다.

돈을 받고 사람을 죽이는 거래 말이다.

마한지가 거리낌 없이 자신을 밝히자 모팔모는 인상을 구기면서 생각했다.

'견출상낭이 여기에 나타나다니, 이남생이 아무래도 작심을 한 모양이구나.'

모팔모도 강호의 물을 누구보다 많이 먹은 사람이다. 마한지의 이름을 못 들어봤을 리 없었다.

마한지는 모팔모가 자신의 이름을 듣고 인상을 찌푸리며 생각하는 것으로 보아 자신을 알고 있는 것이 확실했다.

왠지 그 모습을 보니 흐뭇해지는 마한지였다.

'역시 아직 내 이름이 사라지지는 않았나 보군. 흐흐흐.'

자신의 명성이 꽤나 오랜 시간이 흘렀음에도 사람들의 기억에서 사라지지 않은 것을 보니 괜히 우쭐해지는 마한지였다.

모팔모는 도를 앞섶으로 올려 고쳐 쥐면서 상단원과 호위들에게 외쳤다.

척!

"주변을 경계하라! 어디서 굶주린 늑대들이 나타날지 모르는 일! 상대는 건출상낭 마한지! 필시 어디선가 늑대들이 노리고 있을 것이다!"

모팔모의 말에 호위들과 상단원들은 정신을 차렸다. 모팔모가 누구인가. 패력도라는 위명이 자자한 도수가 아닌가.

마한지가 모습을 드러냈을 때 단 한 명의 무림인임에 안심하고 있었던 그들이다.

모팔모의 외침에 마한지는 흡족한 웃음을 지으면서 말했다.

"하하하! 아직도 나를 기억하는 자가 있다니! 이거 죽이기는 아까운 놈이로구나!"

마한지의 말에 모팔모는 피식 웃으며 되받아쳤다. 지금은 기세 싸움이다. 밀리면 안 되었다.

"똥개 몇 마리 훈련시켜서 다니는 자가 어디서 패력도 나를 압박하려 드는 것이냐!"

자신은 패력도 모팔모였다. 결코 마한지에 비해서 낮은 위명이 아닌 것이다.

모팔모의 외침에 마한지는 흡족해하던 기분을 날려 버리며 분노에 차서 외쳤다.

"뭐라! 지금 뭐라고 하였나? 똥개? 내 늑대들을 보고 똥개라고 하였나?"

"그렇다! 개가 자기 본분을 잊고 사람을 공격하는 것이 똥개지 뭐란 말인가!"

"크흐흐흐! 내 네놈은 특별히 목숨을 구제해 줄까 했는데 죽음을 자초하는구나. 그래, 좋다! 모조리 명부로 보내주마! 자, 먹어치워라, 애들아!"

마한지의 말에 집채만 한 늑대들이 짐승의 것인지 사람의 것인지 모를 핏물을 입에서 뚝뚝 흘리며 보기에도 공포스러운 혈안(血眼)을 번뜩이며 나타났다.

"크르르르!"

모팔모는 그런 것에도 아랑곳하지 않고 상단원들을 다잡으며 외쳤다.

"냉정해져라! 침착하게 상대한다면 충분히 이길 수 있는 싸움이다!"

마한지는 그러한 말에 냉소를 흘리며 외쳤다.

"이제 곧 늑대 뱃속을 들어갈 것들이 말이 많구나! 오거라, 모가야!"

"네놈이 오거라!"

"크흐! 이런 방자한 놈이! 오냐! 가주마! 가서 내 친히 네놈의 멱을 따주마!"

"누가 할 소리를!"

"차핫!"

마한지는 자리를 박차고 모괄모를 향해서 야수와 다를 바 없는 몸짓으로 짓쳐 들어갔다.

그에 맞서 모괄모도 양팔에 불끈 힘을 주며 도를 부여잡고 내질렀다.

그리고 이어지는 늑대들의 공격!

상단원들은 삼삼오오 모여 둥그런 방패를 모아 늑대의 공격에 대비하려고 하였다.

그러나 마한지의 늑대들이 어떤 늑대들인가!

가죽과 나무를 덧대어서 만든 방패 따위는 늑대들의 날카로운 손톱을 막기에는 역부족이었다.

크와와와왕!

콰지지직!

"으악! 마, 막아야 한다!"

크르르륵! 쿠왕!

늑대들은 흉포하게 울부짖으며 이리저리 상단원들의 창과 칼들을 피해내며 방패를 산산조각 내고 있었다.

더군다나 방패를 조각내면서 그 큰 앞발로 상단원들을 닥치는 대로 할퀴고 지나갔으니 그 피해는 말할 것도 없었다.

일반적인 늑대의 앞발도 제대로 찍히면 치명상인데 그 늑대들보다 곱절은 큰 마한지의 늑대들이 아닌가.

그저 살짝 할퀴었는데도 상단원들을 피를 뿌리며 툭툭 쓰러져 갔다.

그 모습을 보다 못한 이화정이 상단원들에게 큰 소리로 외쳤다.

"방패를 든 상단원들은 모두 모이세요! 그리고 뒤에서 다른 상단원들이 대기하고 계시다가 방패를 공격할 때를 노려서 창으로 찌르는 겁니다!"

그리고 이화정은 지체없이 자신의 옆에 떨어진 방패를 팔에 차고 먼저 늑대 앞으로 나섰다.

"사, 상단주님!"

상단원들이 만류하려 했지만 늑대는 그 틈조차 주지 않았다.

자신의 앞을 가로막은 형편없이 약한 여자에게 동정심 따위는 없었던 것이다.

"어서 제 옆으로 모이세요!"

이화정의 외침에 상단원들은 다시 상황을 수습하고 모여들었고, 이화정의 말대로 방패를 겹겹이 쌓아 늑대의 공격에 대비하였다.

늑대들은 그 모습을 보고도 망설임이 없었다.

결국에는 자신의 앞발에 다 부서질 것이라 생각하기 때문이다.

아까와 똑같은 움직임을 보이며 늑대들은 앞으로 치고 나갔다.

크르르릉!

늑대가 움직이는 것을 본 이화정이 상단원들에게 다시 외쳤다.

"앞발이 방패를 부수는 그 순간입니다! 그때를 노려야 합니다! 준비하세요!"

이화정의 말이 끝나기도 전에 늑대는 앞발을 무섭게 휘두르며 방패를 짓이겨 가기 시작하였다.

콰직!

콰지지직!

퍼석!

"지금이에요! 찌르세요!"

"죽어라! 이 개새끼!"

"으와아악!"

상단원들은 이화정의 말에 죽을힘을 다해 방패 너머로 창을 내질렀다.

늑대는 일순간 방패 너머로 오는 창에 당황하며 몸을 틀었지만 완전히 피해내지는 못했다.

슈수수수숙!

캐앵! 끼잉!

푸숙!

푹!

날카로운 창끝이 늑대의 몸을 통과하듯이 찔렀지만 마한지의 늑대는 역시 보통 늑대가 아니었다.

늑대의 가죽이 얼마나 두꺼운지 생채기만 내고 생명을 위협할 만한 상처를 내지 못한 것이다.

"뭐 저런 놈들이!"

"몸에 철갑을 둘렀나?"

상단원들은 창이 먹히질 않자 동요하기 시작하였다.

이화정은 그러한 동요 속에서도 침착함을 유지하면서 상단원들에게 말했다.

"당황하지 마세요! 어차피 저들은 동물에 불과합니다! 한 번으로 안 되면 두 번이고 세 번이고 찌르면 죽을 것입니다!"

상단원들에게 외친 이화정은 다시 방패를 꾸욱 쥐고는 앞에 있는 늑대를 쳐다보았다.

그 모습을 본 상단원들은 하나같이 생각했다.

'저 가녀린 상단주도 포기하지 않는데 우리가 포기할 수는 없다!'

'상단주를 보호해야 한다!'

'힘을 내야 한다!'

살아 있는 동안에는 제대로 살아 있어야 한다.

죽을 생각을 하면 죽을 수밖에 없는 것이다.

이화정의 모습에서 상단원들은 마음을 다잡고 다시금 자신의 병장기를 고쳐 잡았다.

그리고 상단주 옆에 서서 아까보다 더욱 굳건하게 방어 자세를 취했다.

분위기가 사뭇 아까와는 다른 것을 알아챈 늑대들은 막무가내로 공격하는 것을 멈추고 천천히 경계하기 시작하였다.

늑대들도 바보는 아니었다. 어느 정도 지성이 있고 눈치도 빨랐다.

이화정은 그러한 늑대들의 모습을 보고 생각했다.

'버티는 것에는 한계가 있다. 그러나 부단주가 올 때까지만 버티면…….'

말로는 죽일 수 있다고 했지만 마음먹고 찌른 창에 조그마한 상처밖에 나지 않은 늑대들이다.

그러나 그 순간 이화정 자신마저 포기할 수는 없기에 용기를 내었던 것이다.

'제발 누가 좀 도와주었으면……. 하아, 지금 이런 상황에서 어째서 그의 얼굴이 생각나는 거지.'

이화정은 위급한 상황에서 진하게 기억에 남는 한 사내를 생각하였다.

얼굴은 씹다 버린 만두의 모습과 비슷하였지만, 그 때문에 더욱더 그가 기억에 남는 것인지도 몰랐다.

'화정아! 힘을 내자! 힘을 내야 해! 꼭 살아서 돌아가야 해!'

자신의 마음을 다잡고 매서운 눈으로 현실을 직시한 이화정은 상단원들에게 외쳤다.

"조심하세요! 이제는 아까와 다른 방법으로 공격해 올 것입니다! 그러나 어차피 공격을 하려면 방패를 치워야 하는 법! 그때를 노려주세요!"

"알겠습니다, 단주님!"

"하하! 알았습니다! 제 놈들도 같은 곳에 두세 번 칼침을 맞으면 동네 개꼴이 나겠지요!"

"그렇고말고! 어차피 저놈들이야 된장 바르면 되는 것들 아닌가!"

"허허허, 아직 죽이지도 못했는데 잿밥에만 너무 관심 있는 것 아닌가?"

의기는 충만하였다.

상단원들은 이제 농담을 주고받을 만큼 두려움이 없어졌다는 뜻이다.

이화정은 그런 상단원들의 말에 슬며시 웃음을 지으면서 모팔모와 마한지가 겨루는 곳을 슬쩍 쳐다보았다.

그곳에서는 모팔모가 마한지의 몸을 단번에 갈라 버릴 정도로 몰아붙이고 있었다.

"패력도! 삼초! 패력무도!"

휘잉!

그러자 마한지도 지지 않고 손에 낀 철갑을 고쳐 잡으며 말했다.

철컥!

"이놈! 제법 도가 매섭구나! 야패권각! 호권(虎拳)!"

콰창!

도와 철갑이 서로 엉키면서 패도적인 소리를 만들어내었다.

모팔모와 마한지는 서로 묵직한 충격을 받고 뒤로 한 발씩 물러섰다.

모팔모는 마한지의 그런 모습에 도를 앞으로 내세우며 말했다.

"그런 실력을 가졌음에도 사행(邪行)을 일삼다니! 네놈의 사문에 부끄럽지도 않더냐!"

마한지는 사문을 따지며 정의 운운하는 모팔모에게 코웃음을 치며 말했다.

"큭! 미친놈! 내 사문이 어디인 줄 알고 말하는 것이냐?"

대외적으로 마한지의 사문은 알려진 바가 없었다.

단지 그의 야수 같은 권각을 보고 남만이라고 추측할 뿐이었다.

모팔모는 당연히 아는 대로 소리쳤다.

"남만의 야인들에게 사사한 것이 아니느냐? 그들은 그들의 신조를 지키며 누구보다 정의롭게 사는 것으로 알려져 있거늘!"

"착각도 가지가지 하면 망상에 불과할 뿐! 여기 망상에 젖은 멍청이가 또 있구나! 닥치고 목이나 내놓거라! 야패권각! 조권(鳥拳)!"

동물의 특징들을 모아서 만든 권법이 있기는 하다. 그러나 마한지가 사용하는 권각은 그 이치부터가 중원의 것과는 달랐다.

오로지 남만의 정글에서 살아남기 위해서 배운 동물들의 극한의 모습이었다.

마한지의 본래 출생은 중원이었지만, 어린 나이에 자신도 모르는 사이 누군가에게 팔려 남만에서 자랐다.

그곳에서 한 야인과의 인연으로 인해 야패권각이라는 특유의 무공을 섭렵하였고, 어느 정도 경지가 되자 자신에게 무공을 가르쳐 주었던 사부를 죽이고 중원으로 도망쳐 온 것이다.

이유는 단순했다. 마한지는 더 큰 세상을 보고 싶었지만, 그의 사부는 마한지의 성품을 보고 그것을 막은 것이다.

마한지는 자세한 내막까지는 설명하기도 귀찮았고, 어차피 죽을 놈이니 알아봤자 뭐 하느냐는 마음이기 때문에 일일이 대꾸해 줄 가치를 느끼지 못했다.

그는 새가 부리로 쪼는 듯이 손가락을 모아 기이한 공격으로 모팔모를 압박해 갔고, 모팔모도 그 기이한 수법에 도를 들어 올려 흘려내었다.

슥!

"음?"

마한지는 당연히 막힐 줄 알았던 수법이 그대로 모팔모의 어깨를 노리고 날아가자 잠시 의문을 표시하며 생각했다.

'이놈이 무슨 짓을……?'

이것은 모팔모가 자신의 살을 내주고 뼈를 치는 수법!

모팔모는 한시라도 빨리 이 상황을 정리하고 상단주인 이화정을 보호하려는 속셈인 것이다.

모팔모는 회심의 한 수를 외치며 마한지를 베어나갔다.

"패력도! 오초! 패력극도!"

투왁!

"겨우 이런 수이더냐! 늦었다, 이놈!"

쉬익!

휘릭!

너무 빨리 승부를 내려고 조바심에 모팔모는 승부수를 띠 웠지만, 그것은 마한지를 너무 과소평가한 움직임이었다.

마한지는 모팔모의 움직임을 예상하고는 자신의 발밑으로 오는 도를 피해 옆으로 뛰었다.

그리고 손과 발을 이용해 바닥에 착지한 후에 납작 엎드리 더니 그 탄력을 이용해 모팔모에게 튕겨가는 것이 아닌가!

고양이 같은 움직임.

모팔모는 당했다는 표정을 지으면서 급하게 도를 회수하 려 하였으나, 그것을 가만히 보고 있을 마한지가 아니었다.

마한지는 튕겨져 나가며 외쳤다.

퉁!

"야패권각! 우권(牛拳)!"

소가 들이받는 자세를 취하며 쏟아져 나가는 마한지의 모 습에 모팔모는 이빨을 다물며 충격에 대비하였다.

이미 방어하기는 늦은 일. 최대한 충격을 완화겠다는 표시 였다.

"흐읍!"

모팔모는 호흡을 들이켜며 숨을 참고 진기를 끌어올려 최대한 마한지의 공격에 대비하였다.

그러나 그런 대비에도 불구하고 마한지의 공격은 거세었다.

퍽!

쿠당타아앙!

"쿨럭쿨럭!"

온몸으로 들이받은 마한지의 공격에 속절없이 당한 모팔모는 몇 번이나 땅바닥을 구르며 피를 토악질하였다.

한 번의 충격에 대비를 한다고 하였지만 속이 진탕되어 버린 것이다.

그렇다고 정신을 잃을 수는 없는 모팔모였기에 도를 지팡이 삼아 몸을 일으키며 생각했다.

'과연 야패권각! 직접 당해보니 명불허전이구나! 단 한 방에 속이 분탕질을 치다니!'

과연 이 몸으로 마한지를 이길 수 있을까 하는 의문이 드는 모팔모였다.

그러나 해보지 않으면 모르는 일.

모팔모는 늑대들과 사투를 벌이고 있는 상단원들을 생각해서라도 쓰러질 수가 없었다.

모팔모는 호기롭게 가슴을 펴고 마한지를 향해 외쳤다.

"겨우 이것뿐인가! 야패권각의 명성이 울겠군!"

이미 승패가 기울었다는 것을 단 한 방으로 알아챈 마한지였다.

모팔모의 저런 모습이 허세라는 것을 누구보다 잘 알고 있는 그였다.

그러나 저런 허세가 왠지 싫지는 않아 보이는 마한지는 웃으면서 말하였다.

"제법 도세는 정확하지만 너무 정직한 게 탈이야. 경험만 더 있었으면 호각을 이루었을 텐데. 후후후."

마한지의 말 그대로였다. 모팔모의 성격과 그의 무공이 정직함을 말해주었다.

하지만 그 정직함이 목숨을 다투는 혈전에서는 독이 되는 법.

그러나 이미 벌어진 일을 되돌릴 수는 없었다.

모팔모는 도를 고쳐 잡으면서 마한지에게 외쳤다.

"난 반드시 자네를 쓰러뜨릴 것이네!"

그래야 했다. 그래야만 했다.

마한지는 모팔모를 인정하는 듯한 모습을 보이면서 고개를 끄덕이며 말했다.

"그래, 다음 생에 그러하게나."

"흐아아아앗! 패력도! 십초! 패력극도!"

마한지의 말이 끝나자마자 무섭도록 패기 충만하게 패력도의 마지막 한 수를 외치며 뛰어가는 모팔모였다.

그러나 모팔모 자신도 알고 있었다.

쓰러뜨려야 할 이유는 분명하지만 쓰러뜨릴 힘이 없다는 것을.

위력이 아까보다 반감돼 들어오는 모팔모의 모습에 마한지는 권력에 힘을 보태며 맞이해 주었다.

"잘 가게나! 야패권각! 사권(蛇拳)!"

쉬릭!

촤악!

모팔모의 도는 맹렬한 기세를 내뿜으며 마한지의 몸을 압박했다.

하지만 마한지는 뱀의 유연한 기운을 뿜내며 모팔모의 기운을 타고 올라가기 시작했다.

마치 나무를 오르는 뱀처럼 말이다.

그리고는 어느 정도 다다랐을 때 마한지의 손은 모팔모의 목을 물어갔고, 모팔모는 마치 결과를 알고 있다는 듯이 마한지의 손을 맞이하였다.

모팔모는 마한지의 손이 자신의 목으로 다가오는 것을 느끼며 고개를 돌려 이화정을 쳐다보며 생각했다.

'미안하오, 상단주. 불민한 부하 먼저 갑니다.'

이화정은 그런 모팔모와 마한지의 모습에 눈을 부릅뜨며 진심을 담아 외쳤다.

"안 돼요! 이럴 수는!"

그러나 그녀의 바람은 전해지지 못했다.

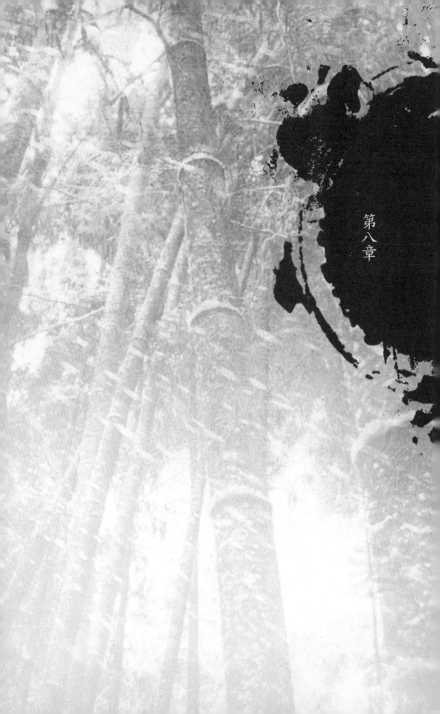

第八章

그녀의 바람은 전해지지 못했다.

마한지에게 말이다.

마한지는 최대한 고통 없이 모팔모를 죽이기 위해 단숨에 목을 뚫어버리려고 하였다.

그러나 그의 그런 배려는 쉽사리 이루어지지 않았다.

쉐엑!

퍼석!

어디선가 빛살같이 날아온 한 무더기의 차가운 무언가에 의해 마한지는 급하게 몸을 돌려야 했다.

그 차가운 무엇이 얼마나 빠르게 쏘아져 나갔는지 마한지의 동물적인 반사 신경으로도 완벽히 피하지 못하고 살짝 얼굴에 스쳤다.

치익!

"크윽! 뭐, 뭐야, 이건?"

마한지는 자신의 얼굴을 스친 것이 뭔지도 모른 채 데인 자신의 볼을 잡고는 구를 수밖에 없었다.

데구루루!

그리고 이어지는 외침.

"아! 이런 개XX 같은 놈들! 겨우 찾았네!"

이원생이었다.

원생은 한참을 헤매며 마한지와 늑대들의 뒤를 추적했다.

얼마나 찾아 헤맸는지 이제는 늑대들이 보이면 죽이기보다는 안아주고 싶은 마음이 들 정도로 말이다.

물론 나중에는 죽일 테지만.

아무튼 원생은 그렇게 늑대들의 이동 경로를 파악하고 뒤를 쫓아서 지금에서야 당도한 것이다.

'크윽! 이 개들이 내가 쫓아오는 것을 본능적으로 느껴서 그랬는지 몰라도 흔적만 숨기지 않았으면 더 빨리 찾았을 텐데.'

어제 원생의 모습이 얼마나 늑대들에게 공포로 각인되었

는지 알 수 있는 대목이었다.

얼마나 피하고 싶었으면 쫓아오지도 않는데 흔적을 숨겼겠는가.

원생은 사태 파악을 위해서 일단 주변을 돌아보았다.

일단 뭔가 위급해 보여서 싸움을 말리고는 봤는데, 왠지 어디선가 많이 본 인물들이 눈에 보이는 것이 아닌가.

원생은 고개를 갸웃거리며 생각했다.

'어디서 봤더라?'

그런 원생의 물음을 단숨에 해결하는 말이 들려왔으니.

"포, 포두님!"

"음?"

원생은 자연스럽게도 자신을 부른 쪽으로 시선을 주었다.

그곳에서는 평생에 다시 보기 힘들 미녀 한 명이 간절한 눈빛으로 자신을 쳐다보고 있는 것이 아닌가.

미녀. 미모로 대륙을 울리는 다섯 명의 여자 중 한 명.

원생은 그런 그녀를 보고 복잡 미묘한 미소를 지으면서 생각했다.

'X 됐군.'

짤막한 그 한마디로 원생의 지금 심경이 표현되는 순간이었다.

이어서 원생은 착잡한 심경을 토로하며 생각했다.

'개 잡으러 왔는데 내 인생이 꼬일 것 같은 느낌이 드는 것은 무엇 때문이지?'

분명히 중원상단의 사람들은 원생을 그냥 장하현의 평범한 포두라고 여길 것이 분명하였다.

또한 이원생 그 자신도 그렇게 평범한 포두로 봐주기를 원하고 있다.

그러나 돌아가는 상황은 절대로 그렇게 놔두지 않았다.

심지어 자기가 이곳에 나타났다는 것 자체가 저들 입장에서는 어떠한 핑계를 대어 보아도 설명이 불가능한 일이 아닌가.

원생은 잠시 지끈거리는 머리를 부여잡고 이 상황을 어떻게 헤쳐 나갈지에 대해 심각하게 고민하기 시작했다.

하지만 마한지는 갑자기 나타난 원생의 모습과 알고 보니 겨우 눈덩이에 스쳤을 뿐인데 검붉게 타들어간 자신의 볼에 대한 감각도 잊어버리고는 분노에 가득 차서 외쳤다.

"이 이 쓰팔 놈이 감히 내가 하는 행사를 방해하다니! 오장을 갈가리 씹어 먹어도 시원치 않을 이놈!"

버럭 외치는 마한지의 말에 원생은 무언가 계획을 수립하기도 전에 기분이 나빠졌다.

명백히 따지면 나쁜 놈은 원생이 아니라 마한지가 아니던가.

원생은 얼굴을 한껏 구기면서 마한지를 쳐다보며 말했다.

"너는 누구냐?"

그러자 마한지는 자리에서 벌떡 일어나 자신을 소개하였다.

"본좌는 견출상낭 마한지 대협이시다!"

원생은 마한지의 말에 강호에서 굴러먹는 무림인이라는 것을 알았다.

하지만 원생이 알고 싶었던 것은 따로 있었으니.

"견출상낭? 그럼 저 개들 주인이 너냐?"

마한지는 원생의 태연한 물음에 황당하는 듯이 말했다.

"내 늑대를 뭐? 뭐라고 불렀는가?"

황당하지 않을 수가 있겠는가!

오늘 하루에만 벌써 두 번째이다.

도대체 누가 감히 마한지의 늑대들을 보고 개라고 지칭할 수 있겠는가!

그러나 상대는 이원생이었다.

원생은 마한지의 말에 그 개들의 주인임을 알아차리고 말문을 열었다.

"저 개X끼들이 네놈 게 맞기는 맞다는 소리군."

"뭐 저런 쓰팔 놈이! 후우! 오냐! 이놈이고 저놈이고 네놈들이 개라고 불리는 것들에게 한번 먹혀봐야 정신을 차리겠구나!"

마한지는 손가락을 입술에 대고 크게 휘파람을 불러내었다.

퓌이이익!

날카롭고 무언가 찢어지는 소리가 대기를 타고 울려 퍼지면서 이화정을 압박하고 있는 늑대들이 마한지의 곁으로 지체없이 움직였다.

매우 숙달된 움직임.

늑대들은 그 큰 몸집에 어울리지 않게 날렵한 움직임으로 한달음에 마한지의 곁으로 다가왔다.

크르르르!

저벅.

타닥!

낮게 울부짖으며 마한지의 곁으로 다가온 늑대들은 패기가 충만해 보였다.

이미 사람의 피 맛을 보아서 그런지 그들의 눈은 더욱더 패도적이고, 무공을 익히지 않은 사람이 보았다면 그들의 살기 때문에 보는 것만으로도 다리가 후들거렸을 것이다.

마한지는 그런 늑대들을 흐뭇하게 쳐다보며 원생에게 말했다.

"이래도 이놈들이 개로 보이느냐?"

"……."

원생은 아무런 대답도 하지 않고 한심하다는 표정으로 쳐다보았다.

그러자 그 모습을 본 이화정은 당한 것이 있어서 그런지 다급한 목소리로 원생에게 외쳤다.

"포두님! 저 늑대들은 보통 늑대들이 아닙니다! 조심하세요!"

"……."

이화정의 간절한 외침에도 별로 대꾸하고 싶은 생각이 없는 원생이었다.

원생은 그저 어떻게 하면 자신의 무공을 내세우지 않고 이 상황을 정리하나 그 생각뿐이었다.

'아오, 여기서 저 산적 두목같이 생긴 놈과 개들을 잡으려면 힘을 써야 하긴 하는데, 괜히 또 힘을 썼다가는 소문이 나기 십상이고. 하아아아!'

단순히 마한지와 늑대들만 정리하자면 상황은 쉬웠다.

그러나 문제는 중원상단의 사람들이었다.

분명 마한지와 늑대들을 정리한 포두의 이야기는 삽시간에 소문을 탈 것이고, 남의 이야기를 하기 좋아하는 호사가들은 원생의 이야기를 중원 전체에 알릴 것이다.

그렇다면 조금이라도 눈치 있는 사람이라면 필시 원생이

전쟁터에서 활약한 그 이원생이라는 것을 알게 될 것이다.

원생은 그것을 걱정하는 것이다.

이런 원생의 걱정을 아는지 모르는지 마한지는 늑대들의 갈기를 쓰다듬으며 원생에게 말했다.

"지금이라도 네 팔다리로 기어와서 머리를 조아리고 사과한다면 그래도 머리통은 남겨주마. 흐흐. 어떠냐?"

마한지는 기분 나쁜 웃음을 흘리며 원생을 압박했고, 원생은 그런 마한지의 모습을 보며 하찮다는 눈빛을 내보이며 말했다.

"협상의 기본이 뭔 줄 아나?"

뜬금없는 원생의 말에 마한지는 무슨 소리를 하느냐는 듯 물었다.

"갑자기 웬 개소리냐!"

그러나 원생은 마한지의 말에 아랑곳하지 않고 말을 이어나갔다.

"협상의 기본은 바로 거래야. 이 거래는 말이야, 협상을 유리한 쪽을 이끄는 사람이 이익을 보게 되어 있지."

한결같은 원생의 말에 마한지도 한결같은 소리로 답해주었다.

"이제 겁이 나니 머리가 돌았나? 크흐. 아무래도 상관없지! 시간이 너무 지체되었다! 애들아! 가서 먹어치워라!"

크르르륵!

크와와왕!

마한지의 말에 즉각적으로 늑대들은 반응했고, 그 거대한 몸을 날리며 원생에게로 쏟아져 나갔다.

이화정은 당연히 원생이 먹힐 것이라는 두려움에 자신의 손에 들려진 방패를 내팽개치고 원생에게로 달려갔다.

"그분은 정말!"

절체절명의 상황.

원생을 가운데 놓고 한쪽에서는 늑대가, 또 한쪽에서는 그것을 온몸으로 막기 위해 이화정이 달려오고 있는 것이다.

그러나 원생의 입장에서 본다면 절체절명은커녕 목숨에 아무 지장도 없었다.

크와오아왕!

듣기에도 살벌한 소리를 지르면서 날카로운 이빨을 햇살에 반사시키며 원생에게 다가오는 늑대.

원생은 그런 늑대들을 짜증난다는 듯이 쳐다보며 말했다.

"확 된장을 발라?"

크륵?

끄으응!

끼이잉!

놀라운 광경이었다.

그러나 늑대들의 입장에서는 어젯밤의 일을 상기하는 중요한 순간이었다.

원생과 눈이 마주친 늑대들은 흉포하게 달려드는 기세를 단숨에 접어버리고 원생의 앞에 쭈그려 앉아 머리를 들이밀었다.

"…어, 어? 어?"

마한지에게서 늑대들의 모습에 얼이 빠져버린 목소리가 흘러나왔다.

또한 원생의 곁으로 달려가던 이화정은 바닥에 무릎을 털썩 꿇으며 두 눈을 크게 떴다.

풀썩!

"예?"

원생은 마한지와 이화정의 반응은 안중에도 없는 듯이 늑대들의 머리를 쓰다듬어 주며 대장에게 말했다.

스윽, 쓰윽.

"그래, 으흐흐흐, 그래야지."

늑대는 원생의 음흉한 웃음에 생명의 위협을 느꼈고, 종국에는 몸을 뒤집으며 배를 보여주었다.

휘릭!

끄웅, 끼잉.

완벽한 항복의 소리.

그 늑대들이 어떤 것들인가! 마한지가 심사숙고하여 키워낸 마물(魔物)들이지 않는가!

그런 그들이 원생에게 배까지 내보이며 지금 애교를 부리고 있는 것이다.

그러나 원생은 그런 모습을 아무런 감흥도 없게 쳐다보며 생각했다.

'그래, 그렇지. 그러면 되겠어. 이놈들에게 저 마한지라는 놈을 처리하게 만들면 되는 일. 크크크크. 크하하하! 그러면 여기서 쓸데없이 눈치 보면서 무공 쓸 이유가 없지. 크하하하!'

원생은 생각을 마치고는 그 대장 늑대의 눈을 쳐다보며 살기등등한 모습으로 말했다.

부릅!

"살고 싶냐?"

본능에 충실한 그들의 입장에서는 당연히 애교로 답했다.

끼이이잉!

그런 늑대의 모습에 원생은 흐뭇한 표정으로 마한지를 똑바로 가리키며 자신의 생각을 말했다.

"그럼 네놈 주인을 처리해라. 그러면 살려주지."

끄으으응.

그래도 키워준 은혜가 있는지 차마 원생의 말에 따를 수 없다는 눈치였지만 원생이 누군가. 그런 하찮은 동정심 따위는 버린 지 오래인 그였다.

"그럼 네놈도 죽고 저놈도 죽일까? 같이 저승 구경 한번 시켜줘?"

끄응, 끼이잉.

"이게 어디서 계속 애교야? 확 껍질을 벗겨 버리기 전에 움직여."

끄응…….

원생이 말하는 바를 알아들을 수는 없는 늑대였지만, 지금 자신이 살길은 마한지를 원생의 눈 밖으로 치우는 것이 유일한 방법이라는 것은 알아들었다.

늑대는 원생의 조용하지만 살기 어린 협박에 못 이겨 몸을 일으켜 세웠다.

들썩, 투툭.

늑대들의 몸에 붙어 있는 눈이 떨어지고, 곧이어 몸을 일으킨 늑대들은 고개를 푹 숙이고는 마한지의 곁으로 걸어가기 시작하였다.

자박자박.

스르르륵.

중원상단을 공격했을 때의 패기와 흉포함은 사라진 지 오래였다.

마한지는 그동안 입만 벙긋벙긋 벌리면서 이 말도 안 되는 광경을 쳐다보고만 있었다.

이윽고 늑대들이 자신의 곁으로 오자 침을 꿀꺽 삼키고는 어처구니가 없다는 듯 화를 내었다.

"지, 지금 이게 뭐 하는 짓들이야! 당장 저놈을 씹어 삼키고 오랬더니 애교를 부리고 와?"

크!

"크? 이놈들이 지금껏 먹여주고 키워줬더니, 크? 그래, 내가 저놈을 처죽이고 나서 네놈들도 혼을 내주마!"

마한지는 소매를 걷어붙이고는 분기에 차서 원생에게로 다가가려 하였다.

그러나 이미 원생과 늑대들은 거래를 한 상황.

그것을 가만히 보고 있을 늑대들이 아니었다.

크르르륵!

크와앙!

휘익!

촤악!

대장 늑대는 앞발을 휘둘러 마한지의 가슴팍을 헤집어놓았다.

마한지는 기습적인 늑대들의 공격에 동물적인 감각으로 간신히 뒤로 피하며 외쳤다.

"아니, 이것들이 미쳤나? 나를 공격해?"

실로 놀라운 광경이다.

새끼 때부터 키워온 늑대들이 한순간에 배신하는 웃지 못할 광경이었다.

차라리 인간이라면 가능한 일이다.

그러나 동물이 이처럼 한순간 주인을 배신하는 것은 듣도 보도 못했다.

그리고 그 일을 당한 주인 마한지는 심각한 정신적 공황에 빠질 정도로 혼란스러웠다.

그러나 그 정신적 혼란에도 일단은 살고 봐야 하는 것.

마한지는 늑대의 공격을 피해내기 급급하였다.

크왕!

콰직!

"흡! 이, 이놈들이 정말!"

크우우우!

부웅!

"어헉! 크윽! 그, 그만두지 못할까! 내가 너희의 주인! 헉!"

마한지는 말을 채 마치지도 못하고 위에서 자신의 머리를 노리고 날아오는 늑대의 앞발을 피해야 했다.

그야말로 미치고 환장할 노릇.

그의 입장에서는 달리 설명할 길이 없었다.

마한지는 끊임없이 이어지는 늑대들의 연환 공격에 몸을
이리저리 피하였다.

원생은 멀리서 그 모습을 지켜보며 주변의 눈을 꾹꾹 뭉쳐
서 눈덩이로 만들었다.

왠지 시간을 오래 끌면 좋지 않을 상황이 올 것 같은 느낌
에서였다.

조물조물.

꽉꽉 뭉쳐진 눈덩이 하나가 원생의 손에 들렸고, 원생은 주
저 없이 늑대들의 옛 주인을 향해 멋들어지게 날려주었다.

쒜에에엑!

대기를 직선으로 가르며 파공음과 함께 눈덩이는 마한지
의 얼굴을 향해 정면으로 날아들어 갔다.

마한지는 눈덩이의 존재도 모른 채 여전히 늑대들의 연환
공격을 피해내며 어떻게든 늑대들을 설득하려 하였다.

"도대체 저놈이 어떤 사술을 부렸기에 네놈들이 이 지경에
빠진 것이냐! 정신 차려라!"

이런 마한지의 애타는 마음을 아는지 모르는지 늑대들은
여전히 맹렬하게 공격하고 있었다.

크와아앙!

촤악!

"큭! 네가 어찌!"

이윽고 대장 늑대의 회심의 앞발이 마한지의 앞섶에 깊은
상처를 남기고, 그 틈에 뒤이어 날아온 원생의 눈덩이가 마한
지의 머리에 정통으로 꽂혔다.

슈욱!

빠악!

"캑!"

벌러덩!

단말마의 비명만 남겨두고 마한지는 허무하게 뒤로 고꾸
라져 버렸다.

마한지가 죽었는지 정신을 잃은 건지 알 길은 없었지만 원
생은 그것엔 신경조차 쓰지 않았다.

오로지 지금은 이 중원상단을 어떻게 수습할 건지에 대한
생각으로 가득 차 있을 뿐이다.

참으로 겨울인데도 햇살이 따가운 오후의 강촌 외곽에서
벌어진 원생과 중원상단의 만남이었다.

第九章

—이원생

　인생이 꼬이려니 정말 한도 끝도 없이 꼬인다고 도대체 어디서 얽힌 매듭을 어떻게 풀어야 하는지 가늠조차 하기 어려웠다.

　아니지. 애당초 쓸데없이 포두 직만 수락하지 않았어도 이런 일 따위는 없었을 텐데.

　그리고 보니 모든 사건의 원흉은 현령 그 인간이군.

　원래는 그냥 형 밑에서 유유자적 낚시나 하며 상원이네 집에서 술이나 얻어먹으려고 하였는데.

신세한탄을 아고 있을 화정 소저의 목소리가 나의 이런 쓸데없는 망상을 깨고 들려왔다.

"이, 이게 무슨 일이죠? 어째서 저 늑대들이……?"

예전의 당찬 목소리만 듣다가 이렇게 힘 빠지고 쉰 목소리를 들으니 왠지 낯설기 그지없군.

아무튼 갑자기 내가 나타나서 늑대들을 조정한 일을 설명하는 게 쉬울까?

아니면 그냥 발뺌할까?

나는 생각할 것도 없이 발뺌하기로 마음을 굳혔다.

"모릅니다. 왜 갑자기 저럴까요?"

다시 되묻는 나의 말에 화정 소저는 멍한 얼굴로 나를 쳐다보며 말했다.

"그건 포두님이 아시는 일 아닌가요?"

"저라고 방금 왔는데 알 리가 있습니까?"

끝까지 발뺌이다.

나는 주제 전환을 위해서 화정 소저에게 물었다.

"한데 다른 사람들은 괜찮은 겁니까?"

"아, 내 정신 좀 봐. 죄송합니다, 포두님. 잠시 실례하겠습니다."

그냥 잠시가 아니라 가던 길 쭈욱 가주시면 안 될까요?

나의 이런 바람과는 달리 화정 소저는 민첩하게 상단을 통솔하였다.

"지금 현재 부상자들을 한데 모아놓고 중상자와 경상자를 구분해 주세요! 그리고 몸이 괜찮으신 분들은 마차의 물품을 확인하고 도망간 말들을 찾아주시고요!"

난리도 이런 난리가 없었다.

이리저리 핏물이 홍건하고 부상자들이 끙끙대고 있었다.

몸이 괜찮은 사람들은 마차를 수리하거나 부상자를 치료하고 있었다.

왠지 전쟁터가 생각나는 상황이군.

어차피 이 인원이 전부 근처 마을로 이동할 수는 없겠지.

쩌업. 상황이 이렇게 되면 어쩔 수 없지.

지금은 어린아이 손이라도 감지덕지할 판에 그저 이렇게 손 놓고 있을 수는 없는 노릇.

일단 불이라도 피우자.

나는 주변을 둘러보아 마른 나뭇가지와 고사(枯死)한 나무들을 꺾어서 하나씩 상단 근처에 쌓아놓았다.

정오의 햇볕은 따뜻하지만 조금이라도 해가 기울면 날씨가 급격하게 떨어지기 때문이다.

피를 흘린 사람들에게 추위는 극독보다 더 위험하다.

나는 가져온 나뭇가지들을 불이 잘 붙을 수 있게 쌓아놓은 다음 화섭자를 꺼내어 불을 붙였다.

곧이어 몇 개의 나무에 불이 붙었고, 나는 그것을 가지고 상단 이곳저곳에 불을 피워두었다.

이렇게 하면 크게 하나를 피울 때보다 훨씬 더 많은 사람이 이용할 수가 있을 것이다.

흠, 그건 그렇고, 이제 저 개들은 어떻게 하지?

늑대들은 연신 내 눈치를 보며 지들끼리 옹기종기 모여 체온을 나누고 있었다.

나는 늑대들에게 가기 전에 누가 나를 신경 쓸까 싶어서 주변을 둘러보았다.

나의 이런 의심과는 다르게 사람들은 상단을 복구하는 일에 여념이 없었다.

또한 내가 피운 모닥불에 냄비를 올리고 치료를 준비하는 사람들도 있었다.

내가 하는 일에 당분간 관심을 주지 않을 것이 분명해 보였다.

그렇다면 이제 저 늑대들의 처분에 대해서 고민해야겠지.

일단 맨 먼저 드는 생각은 저놈들을 때려잡아서 가죽을 벗긴 다음 고기는 상단 사람들에게 오늘 밤 포식하라고 내어주는 것이다.

물론 이 방법이 제일 이상적인 방법이기는 하다.

하지만 이 방법은 나중에 괜히 문제가 생길 여지가 있었다.

그럼 차선책을 선택해야 한다는 건데.

으음. 도무지 차선책이 생각이 나질 않는군.

이런 생각 중에 늑대들이 모여 있는 곳에 도착했다.

"오, 그래도 의리는 있네?"

나도 모르게 감탄사가 튀어나왔다.

아까 내가 공격하라고 시킨 주인 놈의 몸을 감싸고 있는 것이 아닌가.

그래도 사람보다는 낫군.

내가 다가오자 녀석들은 축 처진 얼굴로 눈을 밑으로 내리깔며 일어섰다.

저 산만 한 놈들이 저런 반응을 보이는 것이 왠지 귀엽게 느껴지는 것은 내 착각일까?

나는 늑대들에게 다가가 머리를 쓰다듬어 주며 말했다.

슥, 스윽.

"후우. 그래, 일단 오늘은 살려주마. 어차피 죽일 날은 많이 있으니 말이야."

끄웅, 끼이잉.

당연히 말은 알아듣지 못해도 살가운 나의 음성과 행동에 녀석들은 얼굴을 비비적거리면서 고마움을 표시하는 것 같았다.

녀석들, 그렇게 고마워하지 않아도 되는데 말이야. 어차피 돈 떨어지면 너희는 죽은 목숨.

그 가죽과 고기를 고이 나에게 바칠 목숨이라는 것이지.

'흐으으으.'

나는 늑대들의 처분을 당분간 미룬 뒤 늑대 주인을 한번 흘겨보고는 그대로 뒤돌아 다시 상단으로 되돌아갔다.

물론 늑대들을 이끌고 말이다.

늑대들은 마치 자신의 옛 주인에게 마지막 인사라도 하는 듯이 고개를 주억거리고는 한 치의 망설임도 없이 내 뒤를 따라오기 시작하였다.

상단에 거의 도착했을 무렵,

짧은 시각이었는데도 불구하고 일사불란하게 움직였는지 상단원들은 부상자들을 치료하고 있었다.

나는 뭔가 도울 게 없을까 싶어 열심히 이것저것을 보고 받고 대답하고 있는 화정 소저에게 다가갔다.

"저기 화정 소저, 제가 뭐 도울 것이……."

"지금 현재 부상자 파악은 어떻게 되었나요? 그리고 물품에 피해는 얼마나 되나요? 또한… 어? 꺄악!"

인기척을 내고 다가갔는데도 불구하고 화정 소저는 놀란 표정으로 가슴을 쓸어내렸다.

음, 설마하니 내 얼굴을 보고 그런 건가?

아니면 내 뒤에 있는 이 늑대들을 보고 그런 건가?

물어보고 싶지만 일단은 상황이 상황인지라 참아야지.

"에? 뭐가 잘못되었습니까?"

"아니, 저기 포두님 뒤에……."

훗. 직접적으로 물어보진 않았지만 내 얼굴 보고 그런 것은 아니라는 사실은 확인했다.

하하, 역시 내가 그렇게 험악하게 생기지는 않았지. 아암.

아무튼 이 늑대에 대해서 뭔가 해명을 하긴 해야 하는데 적당한 말이 떠오르지 않았다.

에라이, 되는 대로 믿으라지.

난 퉁명스러운 목소리로 아무렇지도 않게 화정 소저에게 말했다.

"저에게 반했나 봅니다. 첫눈에 자기 주인이라고 알아 모신 거죠."

말도 안 되는 핑계와 변명이지만 내가 그렇다고 하니 별수 있나?

믿어야지.

화정 소저는 무언가 매우 혼란스러운 표정을 하고서는 더 듬거리며 다시 물어왔다.

"그, 그게 정말인가요?"

난 당당하게 가슴을 쭉 펴며 자신 있게 말했다.

"그럼요!"

순 거짓말이지, 뭐.

세 살배기 애도 안 속겠다.

그러나 나는 다소 껄끄러운 주제에서 벗어나기 위해 화제를 돌리는 기술이 좋다 못해 타고나지 않았는가.

나는 화정 소저가 무어라 말을 하기 전에 기습적으로 물었다.

"그런 말도 안 돼……."

"현재 중상자가 몇 명입니까?"

"예?"

"경상자와 중상자 파악이 먼저이지요. 또한 사상자도 파악해서 무덤이라도 만들어 주어야지요."

구렁이 담 넘어가는 듯한 나의 말에 화정 소저는 궁금한 일보다 현재의 일에 다시 집중하기 시작했다.

"예, 맞아요. 지금은 그 일이 더 급하지요. 그럼 포두님께서는 무엇을 하실 줄 아나요?"

"지금 이 상황에서는 별반 도울 게 없는 것 같고, 가벼운 경상자 정도의 치료라면 할 줄 압니다."

나의 말에 화정 소저는 눈을 반짝이며 대답했다.

"정말 그래 주시겠습니까? 저번의 은혜도 아직 갚지 못했는데 이렇게 도움만 받아도 괜찮을까요?"

물어보는 거야, 아니면 명령하는 거야?

뭔가 말 자체가 이상하기는 했지만 일단 도와준다고 했으니 고개를 끄덕거리면서 대답해 주었다.

"괜찮습니다. 관의 녹봉을 받는 포두가 백성을 돕는 것은 당연한 일이지요."

내 포관 사람들이 보았다면 혀를 깨물고 뒤로 쓰러질 말들을 서슴없이 하고 있는 나다.

가끔씩 이런 낯부끄러운 말도 해줘야지 사람이 살아가는 데 도움이 되는 건데.

나의 말에 화정 소저가 좀 심하게 감명 받아서 탈이지.

덥석!

"정말, 정말 감사드립니다! 정말, 정말이요!"

아, 알았으니 우리 이 손 놓고 말 좀 합시다. 누가 보면 오해하겠네.

"별말씀을요. 그럼 저는 이만 가서 치료를……."

"아닙니다! 정말 별말이 아니에요! 소녀, 이 은혜를 정말 어떻게 갚아야 할지!"

어, 잠시만.

나는 화정 소저의 손을 부드럽게 떼어놓으려고 다른 손으로 밀치며 말하였다,

하지만 화정 소저는 아랑곳하지 않고 자신의 가슴으로 나

의 손을 잡아당겨서 마치 가슴에 손을 포개놓는 모양이 되었다.

내 손등의 감히 표현하지 못할 감각이 뇌로 전해져 왔다.

나는 침을 꿀꺽 삼키면서 말을 더듬어가며 화정 소저에게 말했다.

꿀꺽!

"저, 저기, 화정 소저, 이만 손을 좀……."

나의 말에 화정 소저는 화들짝 놀라며 내 손을 뿌리치면서 고개를 숙이며 말했다.

휙!

"어맛! 죄송해요! 포두님께 너무 고마운 나머지 제가 잠시 흥분을……. 정말 죄송합니다."

이런 흥분은 감사합니다.

물론 이 말을 그대로 입 밖으로 내뱉었다가는 변태로 오인받기 십상이다.

나는 짧은 헛기침과 함께 점잖게 말을 이었다.

"험. 아닙니다. 아무튼 저는 이만 경상자들을 치료하러 가보겠습니다. 그리고 정리가 다 되면 이 이후의 일들을 의논하여 보죠."

"알겠습니다, 포두님. 그럼 잘 부탁드립니다."

화정 소저도 살포시 나의 말에 답하고는 다시 업무로 들어갔다.

나도 마찬가지로 손 인사를 한 후 경상자를 돌보러 부상자들을 모아놓은 곳으로 갔다.

나는 그곳에서 부상자들의 상태를 살피며 이것저것 지시하고 있는 상단원에게 가서 말했다.

"저기, 이보시오."

"중상자들은 어서 마차로 옮기고, 아, 무슨 일이십니까?"

"경상자들의 치료는 어떻게 하고 있습니까? 화정 소저에게 부탁 받아 오긴 했습니다만."

"혹시 의원이십니까?"

"의원은 아니지만 경상자 치료는 가능하오이만."

나의 말에 상단원은 나의 모습을 찬찬히 훑어보더니 뭔가 혼잣말을 하고는 한숨을 내쉬면서 말했다.

"하아, 그래도 없는 손보다는 낫겠지. 저기 저쪽으로 가보시오. 그쪽에 경상자들을 모아놓았으니 말이오."

허허, 없는 손?

그래도 이 손이 전쟁터에서 숱하게 목숨을 살린 손인데 감히 나를 무시해? 도저히 참을 수가 없지만 참아야지.

"감사하오. 그럼 가보겠소."

나는 순순히 고개를 끄덕이고는 그 상단원이 가리킨 곳으로 걸어갔다.

第九章 269

나를 처음 봤으니 당연한 소리지.

솔직히 아무런 의심도 해보지 않고 상단 사람들을 맡길 수는 없는 노릇이지 않는가.

그것도 갑자기 나타난 사람을 말이다.

마차 두어 개를 지나가서 보니 그곳에는 가슴팍에 모두 커다란 세 개의 상처가 있는 사람들이 늘어서 있었다.

"으으으!"

"크윽!"

"허억, 헉, 흐으윽!"

부상자들의 신음 소리가 가득한 그곳은 족히 스무 명이 넘어 보이는 사람들이 피를 흘리며 쓰러져 있었고, 그것을 봐주는 사람은 고작 두 명에 불과하였다.

나는 무슨 말을 할 겨를도 없이 서둘러 그곳에 합류했다.

이건 말만 경상자지 거의 중상자 수준이 아닌가.

더군다나 상처에 붕대도 제대로 감싸지 못하는 수준.

일단 앞에 보이는 사람의 가슴팍의 붕대부터 풀어 헤치기 시작하였다.

스륵, 슥!

그러자 나의 행동에 치료해 주던 상단원 한 명이 기겁하며 외쳤다.

"이게 무슨 짓이오! 겨우 지혈을 끝내놓았는데!"

이게 지혈이라고?

난 거침없이 그 사람들에게 말했다.

"살점이 뜯겨져 나간 상처에 피만 멈춰놓았다고 다인 줄 알아! 이렇게 상처를 압박했다가는 고인 피가 썩어서 죽겠다, 이 멍청한 놈들아!"

보통 어지간한 출혈은 자연스럽게 피가 응고되어 상처를 막아주기 때문에 그냥 흘려버리는 것이 더 좋다.

그러나 이처럼 살점이 뜯겨져 나가거나 살과 살이 벌어진 틈새로 계속 피가 새어 나오는 경우엔 상처를 막무가내로 압박하는 것보다 그 부위에 적당히 약초를 채운 후 피가 통하도록 느슨하게 압박해 주는 것이 좋다.

나의 말에 치료를 도와주던 상단원들은 정신을 번쩍 차리더니 나에게 물었다.

"어, 어떻게 하면 되겠소?"

지금이라도 정신 차렸으면 되었지. 나는 일단 상처가 어느 정도 벌어졌는지 가늠하기 위해서 상처를 살펴보았다.

그러자 붉은 살점이 친절하게 나를 맞이하였고, 상처의 크기가 나의 예상보다 작다는 것에 안도하였다.

이 정도 크기면 금창약으로 채워 넣어도 별 이상 없겠군.

상황 파악을 끝낸 즉시 뒤에 있는 사람에게 외쳤다.

"지금 즉시 상비하고 있던 금창약이란 금창약은 다 꺼내오시오!"

"그러나 그것은 나중을 위해……."

"나중 같은 소리 하지 말고 어서! 당신 눈에는 이 사람들이 경상자라 보이오?"

"아, 알겠소이다! 내 즉시 가져오리다!"

말이 안 통하면 멱살이라도 부여잡고 윽박지르려고 했더니 다행히 말을 듣는군.

그럼 금창약을 가져오는 동안 체온이 떨어지는 사람부터 구별해 놔야겠어.

나는 자리에서 일어서서 입술이 푸르게 변한 사람들을 찾아보기 시작했다.

입술이 푸르게 변한다는 것은 피가 돌지 않는다는 것.

그것이 의미하는 것은 곧 심장이 뛰지 않는 것과 일맥상통하는 말이다.

그리고 그다음으로 치료할 사람들은 몸에서 땀을 흘리는 사람들이다.

이윽고 금창약을 가지러 갔던 사람들이 품에 약을 그득히 들고 왔다.

난 지체하지 않고 입술이 푸르게 변한 사람 먼저 치료해 나가기 시작했다.

치료 방법은 아주 간단했다.

상처 부위에 금창약을 바른 뒤 붕대로 감아주면 끝.

그러나 붕대를 감아주는 방식이 숙달되지 않았다면 결코 쉽지만은 않은 일이다.

나는 부지런히 손을 놀려서 스무 명이아 되는 사람들을 차례대로 치료해 나갔고, 해가 거의 질 무렵에는 경상자들의 치료를 마무리 지었다.

후우우. 젊었을 때는 사서 고생한다는 옛 선인들의 말이 틀리다는 것을 증명하려고 편하고 유유자적한 생활을 지향하려고 했는데 말이야.

이렇게 되면 내가 그동안 술 마시고 논 게 전부 헛수고가 되네?

치료를 마치고 속으로 한숨을 내쉬면서 잠시 몸을 풀고 있을 무렵,

아까 치료를 도맡아하던 상단원이 나에게 와서 말했다.

"수고하셨습니다, 대협. 만약 대협이 아니었다면 이 많은 사람들 전부 여기에 묻고 가야 했을 것이오."

난 그 사람에게 별것 아니라는 듯이 말하고는 이 후의 관리 방법에 대해서 설명을 덧붙였다.

"수고는 무슨, 저보다 중원상단 여러분이 더 고생이 많으셨지요."

"아닙니다. 저희가 큰 은혜를 입었습니다."

"거참, 은혜까지야. 아무튼 부상자들은 내일까지 쉬면 원기 회복은 가능할 것이오. 그래도 안심하지 말고 이틀에 한 번씩은 금창약과 붕대를 갈아주어야 할 것이오."

"알겠습니다."

"그리고 목적지까지 충분히 요양하고 쉬엄쉬엄 간다면 아마도 돌아올 때쯤이면 정상적으로 생활이 가능할 겁니다."

"여부가 있겠습니까."

"그럼 저는 이만."

일련의 상황이 정리가 되고 나자 나는 다시 자리를 이동하였다.

해가 넘어가고 이제 슬슬 마을로 되돌아 가봐야 할 시간이 됐으니 말이다.

나는 화정 소저에게 인사나 하고 갈 요량으로 아까 화정 소저가 있던 곳으로 걸어갔다.

얼마 떨어지지 않은 거리라서 금세 그곳에 도착하였다.

아직까지 상단의 이곳저곳을 살피면서 분주한 화정 소저가 눈에 들어왔다.

그래도 아까보다는 많이 정리가 되었는지 한결 가벼운 기분 같아 보였다.

나는 아까의 경험도 있고 해서 일부러 내가 왔다는 신호로 발걸음을 크게 내디뎠다..

쿵, 쿵!

"아, 이 포두님!"

역시나 아까보다는 수월하게 날 알아채는 화정 소저이다.

밝은 미소를 보니 피로가 씻겨 내려가는 듯한 착각이 드는 군.

어후, 이거 미녀만 보다 보니 괜히 눈만 높아지는 건 아닌 지 몰라.

요즘 들어 거리를 걷다가 분명 예전에는 괜찮게 생긴 여성 이라고 생각했을 사람인데 요즘에는 못생겨 보이는 희한한 증상이 나타나니 말이야.

내가 대답을 하지 못하고 가만히 서 있는 것이 이상했는지 화정 소저는 고개를 갸웃거리며 나에게 말했다.

"저기… 왜 그렇게 쳐다보시는지요? 뭐가 잘못되었나요?"

잘못되었지요. 너무 이기적으로 예쁩니다.

그러나 이 말을 어찌 내뱉겠는가? 잘못 내뱉었다가는 뺨 맞는다.

나는 화정 소저에게 담담하게 웃으면서 말했다.

"아까보다는 표정이 좋아서 그렇습니다."

화정 소저는 나의 말에 어색하게 웃으면서 대답해 주었다.

"헤, 그랬나요? 후우, 죄송해요. 오늘 너무 많은 일이 일어 나서 정신이 하나도 없어서 그랬나 봐요."

어째 저런 모습까지 예쁘냐.

후우, 안 되지. 정신 차려라, 원생아. 원래 아름다운 여자에게 빠지면 인생을 망치는 법.

나는 정신을 수습하고 말을 이었다.

"아무튼 수습이 되었으니 잘되었습니다."

"하아아아, 그렇지요? 이제 어느 정도 수습은 되었는데……."

화정 소저가 말을 잇지 못하고 씁쓸하게 웃어 보이자, 당연히 남자인 내가 물어 보지 않고 버티겠는가?

"음? 웬 한숨을 그렇게……?"

"무림맹으로 들어갈 물품은 괜찮은데, 아까의 습격으로 말들이 전부 혼비백산하여 도망가 버렸답니다. 후우."

응? 뭐? 어디?

난 설마하니 내가 잘못 들었나 싶어서 다시 물어보았다.

"무림맹이요?"

"아, 그렇습니다. 이번에 저희가 무림맹과 거래를 성사시켰는데, 이번 출행이 바로 그것이에요."

살다 보니 이런 우연이 다 있다. 누구의 장난이나 소행이라고 의심해 봐도 좋을 상황.

화정 소저의 말에 거짓이 느껴지지 않는 것으로 보아서는 우연의 일치라고 믿어도 될 것 같았다.

흠. 쓸데없는 의심병은 군문에 버리고 왔다고 믿었는데 나도 큰일이군.

내가 잠시 생각하는 사이 화정 소저는 살짝 손바닥을 마주친 후 나에게 물어왔다.

짝.

"아, 그리고 보니 원생 포두님은 어디를 가고 계셨죠?"

"……."

이 질문에 대해서는 바로 대답하지 않았다.

생각할 시간이 필요하기도 하였고, 이유는 왠지 동행하면 쓸데없는 오해와 사건이 일어나리란 등골 서린 예감이 들었기 때문이다.

아무 말도 하지 않고 묵묵부답으로 일관하는 나의 태도에 화정 소저는 고개를 살짝 떨어뜨리며 아쉬움이 가득한 목소리로 말했다.

"제가 예의가 아닌 질문을 한 것 같네요. 죄송해요. 이만큼 도와주셨는데, 생각이 짧았습니다."

말을 마치자 촉촉하게 젖은 화정 소저의 눈가로 흐릿하게 눈물이 보인다.

그 순간 우수에 젖은 화정 소저의 모습에 나의 가슴으로 애틋한 동정심이 치솟아 오르는 것이 아닌가!

편한 길을 놔두고 내 마음은 화정 소저와 함께하는 가시밭

길을 원하고 있었다.

하지만 어림없는 소리!

냉철한 머리와 투철한 목적의식이 있는 나의 정신이다.

결코 그런 마음에 흔들려서는 안 되는 것!

나는 화정 소저에게 딱 잘라 냉정하게 말해주었다.

"무림맹입니다, 소저. 하하하! 마침 저와 같은 곳을 가고 있었군요. 하하하!"

내 정신과 감정의 싸움에서는 감정이 이겼다.

하하하! 빌어먹을 감정 같으니라고.

화정 소저는 나의 당찬 말에 활짝 웃으며 행복한 표정을 짓고는 두 손을 모으고 나에게 물었다.

"저, 정말이요? 정말 무림맹인가요?"

어쩔쏘냐. 이미 뱉어버렸는데.

"그렇습니다, 소저! 하하하! 공교롭게도 같군요! 하하하!"

"그러네요, 정말. 하늘이 간절한 제 소원을 이루어… 어맛! 아니에요. 흐흠."

작은 헛기침을 하면서 무언가 굉장히 내 귀를 의심하는 말을 하는 화정 소저였지만 나는 무시하기로 하였다.

될 대로 되라지.

이제 어떻게 되든 모르겠다.

이미 일은 벌려졌고, 괜히 지금 수습하려다가는 쓸데없는 의구심만 키우는 꼴이 된다.

나는 수줍게 고개를 돌리는 화정 소저에게 말했다.

"한데, 소저."

"예, 말씀하세요, 포두님."

마음을 진정시키고 내 말에 대답하는 화정 소저의 얼굴이 아직도 붉은 빛을 띠고 있다.

도대체 무슨 소원이기에 저렇게 수줍어하는지.

나는 궁금증을 뒤로 놓고 좀 전의 대화를 떠올리며 물었다.

"가져온 말들이 아까의 습격 때문에 도망갔다고 들었는데, 사실입니까?"

"…하아아, 불행한 일이지만 맞아요. 말들이 놀라서 뛰쳐나갔는데 근방을 다 뒤져 보아도 찾지 못했답니다."

깊은 한숨을 내쉬며 말하는 화정 소저의 근심에 나는 볼을 긁적거리면서 방법을 찾아보았다.

이러다가는 이 많은 짐을 사람을 들고 가거나, 아니면 말이 있는 큰 마을까지 누군가 다녀와야 할 것이다.

그러나 지금 이 상황에서 중원상단이 할 수 있는 가장 좋은 선택은 이 두 가지가 아닌 상단원들이 회복하기를 기다렸다가 짐을 짊어지고 큰 마을까지 가서 말을 사는 것이다.

그러면 무림맹까지 가는 시간을 단축시킬 수도 있고, 상단원들도 회복할 충분할 시간을 주는 것이니 최선의 방법이기도 했다.

나는 생각을 정리한 후 화정 소저에게 의견을 물으려 말문을 열려고 하였다.

그리고 그 늑대들을 보았다.

말만 한 그놈들을 말이다.

후후후. 너무 어렵게 생각했네. 문제의 해결책이 여기 있는데.

나는 화정 소저에게 미소 지으며 말했다.

"화정 소저."

"예?"

"제게 좋은 방법이 있는데 들어보시겠습니까?"

"예? 정말이요? 정말 방도가 있으신 거예요?"

화들짝 놀라면서 나의 말에 귀 기울이는 그녀의 모습이 매우, 그리고 몹시 귀엽고 아름다웠다.

예린 소저와는 또 다른 매력.

커험. 그리고 보니 예린 소저가 같이 오지 않은 게 천만다행이군. 괜히 따라왔으면 눈치 보여서 어디 같이 다닐 수 있겠는가.

나는 잔잔한 미소를 띠면서 화정 소저에게 내 생각을 들려주었다.

화정 소저는 걱정이 가득한 표정을 지으면서 내 말을 경청

하였다.

"제 뒤에 있는 늑대들 보이시죠?"

"무, 물론이죠."

아직도 늑대와 전투를 했던 공포가 사라지진 않았는지 말을 더듬는 화정 소저였다.

나는 괜찮다는 듯한 표정과 몸짓을 해 보이며 말을 이어나갔다.

"저놈들을 말 대신 사용하는 겁니다. 아까 보니 저놈들 한 놈 한 놈이 사두마차(四頭馬車)의 몫은 할 것 같던데요."

"에, 예? 하, 하지만……."

"물론 방금 까지만 해도 생사를 걸고 싸우던 동물이라는 것은 압니다. 그에 따른 우려도 알고 있고요. 하지만 어째서인지 제 말에는 복종하니 걱정하시지 않아도 될 것입니다."

"그, 그렇지만 너무 위험한 생각이 아닌지 싶습니다. 언제 돌변할지도 모르고……."

상단의 안전을 생각해야 하는 그녀가 아닌가. 당연한 의구심이다.

나는 가슴을 탕탕 치며 자신감에 넘친 말로 화정 소저를 안심시켜 주었다.

"저를 믿으십시오! 절대로 화정 소저가 우려하는 상황은 일어나지 않을 것입니다!"

"……"

자신감 넘치는 나의 행동과 말에 화정 소저는 잠시 말문을 열지 않고 생각하더니 이내 굳게 입술을 깨물고 나에게 말했다.

그녀도 별 뾰족한 수는 없을 것이다.

지금 이 상황에서는 가장 이상적인 방법이 바로 내가 제시한 것이니 말이다.

"그럼 이 포두님을 믿어보도록 하겠습니다."

예상하는 대답이 나오자 나는 만면에 웃음을 띠면서 화정 소저에게 말했다.

"잘 선택하셨습니다! 결코 실망하지는 않을 겁니다!"

"잘 부탁드릴게요. 그리고 무림맹까지 무사히 도착한다면 꼭 이 은혜는 잊지 않을 겁니다."

그냥 잊어줬으면 하는데.

쓰읍. 자꾸 내 이름이 거론되면 소문이 날 가능성이 농후하다.

그럼 필시 나의 안빈낙도에 방해가 되겠지.

그럴 수는 없는 법.

나는 일단 어물쩍 넘기기로 하였다.

"하하, 뭐, 그건 차후에 생각해 보시기로 하고, 아무튼 내일 아침 상단을 움직이는 것으로 알겠습니다."

"어디 가시게요?"

"제 일행이 마을에 있어서 그 일행과 같이 와야 할 것 같습니다. 그럼 내일 뵙겠습니다, 소저."

"아, 알겠습니다. 내일 꼭 보도록 하겠습니다."

나는 서둘러 말을 마치고 간단히 인사를 한 후 얼른 그 자리를 벗어났다.

왠지 거기에서 더 이야기를 나누다가는 뜻도 모를 은혜 타령하면서 내 인생이 더욱더 꼬일 여지가 있어 보였다.

왜 굳이 은혜 갚는다는 소리를 해가지고.

나는 중원상단과 짧은 이별을 고하고 늑대들을 인적이 드문 곳에 몰아두고 잠시 주먹을 들어 늑대들을 기절시켰다.

간결하게, 그리고 절도 있게.

빠악!

퍽!

캥!

커엉!

부하인 두 마리는 간단하게 기절시켰는데 왠지 대장으로 보이는 녀석은 간단히 기절하지 않을 것 같아서 주먹을 말아 쥐고는 녀석의 면상을 그대로 가격했다.

뻐억!

쿠당!

큰 덩치답게 쓰러지는 소리도 묵직했다.

그나저나 꽤 힘 줘서 때렸는지 소리도 못 지르고 기절했군.

미안한데. 쩌업. 한데 어쩌겠냐. 덩치 때문에 강하게 보인 네놈 잘못이 커.

나는 녀석들이 있는 자리를 잘 덮어둔 후 정육이 쉬고 있는 객잔으로 달렸다.

시간이 시간인지라서 정육이 놈은 벌써 자고 있었고, 나는 정육의 상태를 확인한 후 나에게 배정된 방에 들어가 정비를 하였다.

하아, 개 잡으러 갔다가 잡으려는 개는 못 잡고 개장수만 잡은 격이군.

젠장. 어차피 지나간 일. 생각 접고 씻고 자자.

그렇게 무림맹으로 떠나는 두 번째 날, 이상한 인연의 고리 가 연결되면서 막이 내렸다.

이 이상 다른 인연은 곤란한데. 제발 앞길이 편했으면.

* * *

이원생과 중원상단의 일이 마무리되어 갈 때쯤,

중원상단에서 좀 떨어진 눈밭에서는 처절한 생존의 울부 짖음이 터져 나왔다.

"두, 두고 봐라! 내 기필코 살아남아 네놈의 오장을 씹어 먹어줄 테니!"

거칠게 내뱉는 남자의 말에서 이 남자의 한이 보통이 아니라는 것을 짐작할 수 있었다.

도대체 무엇이 이 남자를 이렇게 분노케 한 것인가?

그는 비틀거리는 몸을 간신히 세우고 앞으로 힘겹게 걸어가며 생각했다.

'내가 방심하는 틈을 타서 기습을 해? 더러운 놈! 더러운 얼굴값을 하는구나!'

그렇다. 지금 이 위태위태한 걸음을 걷고 있는 남자는 마한지였다.

그는 원생이 던진 것이 암기일 것이라고 생각했다.

아니, 확신하고 있었다.

만약 암기가 아니라면 도대체 세상에 그 누가 그에게 단 한 번에 생명의 위협을 느끼게 만든다는 말인가?

마한지는 이를 부득부득 갈면서 서서히 중원상단이 있는 곳에서 멀어져 늑대와 자신들이 기거했던 곳으로 돌아왔다.

부스럭.

털썩!

"후욱후욱! 알려야 한다! 기필코 알려서 내 그놈들에게 반드시!"

그는 거친 숨을 몰아쉬며 자신을 돌볼 겨를도 없이 전서를 작성하기 시작하였다.

슥, 스윽!

일필휘지로 써내려 가는 마한지의 붓은 한 번의 막힘도 없었다.

"그래, 이놈들! 나를 꺾었다고 안심하기는 이르지! 크윽! 내 이 수모와 고통은 반드시 곱절로 갚을 것이야! 자, 가라!"

푸드득!

마한지는 말을 곱씹으며 전서구를 날려 보냈다.

전서구는 곧장 자신이 왔던 곳으로 방향을 잡고 되돌아갔다.

그 모습을 지켜본 마한지는 의미심장한 웃음을 지으면서 천천히 운기를 시작했다.

第十章

—우승상 황충모의 장원

황충모는 자신의 집무실 안에서 탁자에 놓인 서신을 보며 골똘히 생각하고 있었다.

그 어느 때와 다름없는 서신 한 장.

그러나 이 서신을 누가 가져왔는지, 그리고 무엇이 쓰여 있는지에 따라서 중요도가 천차만별인 것을 황충모가 모를 리 없었다.

그래서 황충모는 그 수많은 일을 제처 놓고 명교의 사신으로 온 요랑이 내민 이 한 장의 서신을 골똘히 쳐다보고 있는 것이다.

황충모는 눈을 감고 아까의 일을 되짚으며 생각했다.

'만사 제쳐 두고 발등에 불이라도 떨어진 듯 애원할 줄 알았는데 그렇단 말이지.'

명교의 입장에서는 황충모가 답이었다.

밀어주던 고무만이 그렇게 허무하게 쓰러지고 나서 오로지 대안이라곤 황충모밖에 없는 명교였다.

또한 그 사실을 누구보다 잘 알고 있는 황충모가 아닌가!

그러나 도착한 명교의 사신인 요랑의 반응은 그의 생각과는 전혀 달랐다.

오히려 그녀는 냉정한 얼굴로 계약서 한 장만을 내놓고 한마디 한 뒤 돌아가 버렸다.

황충모는 그러한 명교의 반응에 잠시 기세가 꺾였지만, 결코 자신이 아쉬운 상황이 아니었다.

그는 요랑의 반응을 대수롭지 않게 넘긴 후 그녀가 넘긴 계약서를 찬찬히 읽어보았다.

서신의 내용.

한데 그것은 황충모가 예상한 그것이 아니었다.

간, 쓸개 다 빼줄 줄 알았던 명교가 그런 식의 계약을 제시하다니.

황충모는 계약의 내용을 떠올리며 깊은 생각에 잠기었다.

'나와 남궁세가를 저울질하려 들어? 고무만의 일을 따져도 모자랄 판에 적반하장으로 나온다는 말인가?'

명교가 황충모에게 제시한 것은 파격적이었지만, 만약 황충모가 그 이상의 것을 바란다면 남궁세가와 손을 잡겠다는 충격적인 내용도 들어 있었다.

그러나 명교가 제시한 것은 고무만 때에 비해 파격적인 것이지, 현재 황충모가 처한 상황에서는 조족지혈에 불과했다.

'하지만 명교의 힘이 필요한 것은 사실이다. 만약 그들의 힘을 빌리지 않는다면 천중상 그 괴물을 어찌 견제한단 말인가.'

황충모는 강호의 세력이 황궁에 침범하는 것은 극도로 꺼렸다.

하지만 천중상을 견제하려면 강호의 세력이 뒷받침되어야 한다는 것은 잘 알고 있었다.

고무만의 경우도 명교가 뒷배를 봐주었기에 그 정도로 천중상을 견제한 것이지 만약 명교의 뒷배 없이 천중상을 견제하려 하였다면 그야말로 바람 앞의 등불이나 진배없었을 것이다.

그 사실을 요 근래에 절실하게 깨닫는 황충모였다.

'승상의 지위를 받았으나 조정에 나의 사람을 출사시키려고 하여도 황제의 재가를 받는 것이 우선이 아닌, 천중상의 눈치를 봐야 하다니……'

그랬다.

고무만이 죽은 이후로 황충모로 권력의 중심이 집중되었으나, 실제로 황충모가 조정에 자신의 사람을 요직으로 발탁한 것은 극히 드물었다.

더군다나 군부의 세력은 병사부터 장군까지 전부 천중상의 사람이 아닌가!

'명교와 손을 잡기는 잡아야 하나? 이따위 거래에 응할 만큼 급하지는 않는데. 무슨 수가 없겠는가. 으음.'

황충모의 고심은 깊어져만 갔고, 그것을 옆에서 지켜본 상철지는 잠시 자리를 비켜주고자 황충모에게 조용하고 조심히 말을 건넸다.

"승상, 저는 밖에서 대기하고 있겠습니다."

상철지의 조심스러운 말에 황충모는 눈을 감은 채로 고개를 끄덕거리며 대답하였다.

"그래, 내 잠시 깊이 생각을 해야 할 것이 있으니 자리를 물리게나."

"알겠습니다, 승상. 필요하시면 언제든 부르십시오. 그럼."

상철지의 말에 황충모는 손을 들어 말을 대신하였다.

상철지는 포권을 지어 보이며 조용히 밖으로 나갔다.

끼이익.

탈칵.

문이 열고 닫히는 소리가 들리며 상철지가 집무실 밖으로 모습을 드러내었다.

그러자 그를 기다리고 있었다는 듯 수하 한 명이 급하게 다가와 상철지에게 전서를 건네주었다.

"어르신, 마한지로부터 전서가 도착했습니다."

"음, 그래? 이리 다오."

수하는 상철지에게 즉시 전서를 풀어 건넸다.

상철지는 자신이 기대한 소식을 예감하며 별 의심 없이 편안한 마음으로 읽기 시작 하였다.

그러나 마한지가 상철지에게 전해주는 전서의 내용은 실망스럽기 그지없었다.

상철지의 얼굴은 전서를 읽어 내려갈수록 구겨지고 있었다.

이윽고 전서를 다 읽어 내린 상철지는 분기에 가득 차 전서를 주먹으로 구겨 버린 후 전서를 가져온 수하에게 말하였다.

"이 전서가 언제쯤 도착하였느냐? 으득!"

"얼마 되지 않았습니다. 어르신께서 승상과 함께 계실 때는 방해하지 말라 하셔서 기다리고 있었습니다."

수하의 말에 상철지도 황충모와 같이 깊은 고민에 빠졌다.

'도착한 지 얼마 되지 않았다면 그리 먼 곳까지는 가지 못했을 것이다. 도대체 무슨 꿍꿍이로 무림맹으로 향하는 것인지 모르겠으나 반드시 이번 기회에 정육 그놈을 죽여 후환을

없애야 한다.'

마한지의 서신에는 정육이 중원상단과 같이 움직인다고 쓰여 있었다.

뚱딴지같은 소리였지만 마한지의 입장에서는 머리를 쓴 것이다.

그래야만 상철지가 정육을 죽이기 위해서 병력을 보내줄 것이고, 자신이 중원상단을 공격하는 것이 앞뒤가 맞기 때문이다.

그리고 중원상단을 지워 버린 후 마한지는 그 병력을 가지고 정육을 죽이면 된다는 계획 하에 서신을 작성한 것이다.

그러나 공교롭게도 원생과 정육은 정말 중원상단과 같이 이동하고 있었다.

마한지의 계획대로 상철지는 병사를 보내줄 생각을 굳혔지만 전혀 예상하지 못한 것이 있었으니, 그것은 바로 상철지 본인이 병사들을 이끌고 갈 생각인 것이다.

하지만 상철지의 입장에서는 병사를 쉬이 움직일 수 없었다.

무언가 명분이 있어야 하지 않겠는가.

아무리 승상 황충모의 총애를 받고 있다고 하여도 직접적으로 군사를 부린다면 주위의 시선이 곱지는 않을 것이다.

상철지는 고민하기 시작했다.

'무언가 방법이 없겠나. 정육과 그 주변 무리를 처리하면

서도 황충모가 흔쾌히 승낙할 수 있는 방법이 말이야. 으음. 잠깐. 그래, 그 방법이 있었어!'

상철지는 회심의 미소를 지어 보이며 그대로 황충모의 집무실로 걸음을 옮겼다.

그리고는 과감하게 황충모의 집무실을 두드렸다.

똑똑!

"누군가?"

"접니다, 승상!"

"내가 생각할 것이 많으니 잠시 자리를 물리라 하지 않았는가?"

"승상, 제가 승상의 고민을 덜어드릴 묘책을 찾아낸 듯싶습니다."

"흐흠?"

황충모는 상철지의 이야기를 듣고는 눈을 번쩍 떴다.

과연 그 묘책이 무엇이기에 자신의 말을 누구보다 잘 듣는 상철지가 저렇게 격앙된 음성으로 말하는가.

'들어보아도 손해는 없을 것 같군.'

황충모는 들어나 보자는 마음으로 상철지를 안으로 들였다.

"그래, 들어오게나."

상철지는 황충모의 말이 떨어지기가 무섭게 집무실 문을 열고 들어갔다.

덜컥!

저벅저벅!

"무례를 용서하십시오, 승상."

"흠. 아닐세. 그래, 어디 말을 해보게나, 그 묘책이라는 것이 무엇인지."

"그럼 가감 없이 말씀 올리도록 하겠습니다."

"알았네, 알았어. 어서 말해보게나."

황충모의 재촉에 상철지는 곧바로 자신의 생각을 이야기하였다.

"남궁세가의 가주 남궁묵철을 암살하는 것입니다."

"……?"

쿵!

상철지의 말에 황충모의 반응은 가히 놀라웠다.

동공이 커짐과 동시에 정색하는데 상철지의 말에 충격을 받은 것이다.

남궁세가!

강호 무림에서 당당하게 단일 세가로서 사천의 패주인 당가와 함께 어깨를 나란히 하는 가문이자, 전쟁에서 무수한 전투를 치르고 희생을 마다하지 않아 황실에서 충의세가란 현판까지 받은 곳이 아닌가!

그런 세가의 주인인 가주를 태연하게 암살하자고 하는 상철지의 꿍꿍이가 궁금한 황충모였다.

그러나 한편으로는 좋은 수라는 생각도 들었다.

'만약 남궁묵철이 죽게 된다면 명교의 입장에서는 남궁세가의 가주가 정해지기 전에는 아무것도 할 수가 없게 될 터. 으음. 그러나 이런 수까지 써가면서 그들을 종용해야 한다는 것이 꺼림칙하기는 하군.'

남궁묵철의 죽음을 명교는 바라지 않을 것이다.

현재 남궁가와 황충모를 저울질하는 그들의 입장에서는 그야말로 발등에 불이 떨어진 격.

명교의 선택 사항이 오로지 황충모밖에 남지 않는다는 것이다.

그렇게 된다면 황충모에게 일방적으로 던져 놓고 간 명교의 계약은 그저 종잇조각에 지나지 않게 된다.

황충모가 명교의 거래에서 우선순위를 따내게 되는 것이다.

상철지는 황충모가 자신의 말에 가타부타 답을 하지 못할 때 조심스레 황충모의 옆으로 이동하여 살며시 귓속말로 이야기하였다.

"저에게 기회를 주신다면 소수의 인원을 이끌고 반드시 남궁세가의 가주를 베어 오겠습니다. 그러나 만약 암살에 성공하지 못했을 시에는 이 암살을 주도한 곳이 필히 명교임을 확실히 남기고 오겠습니다. 어떻습니까, 승상?"

성공하면 좋지만 성공하지 못해도 좋은 일이라는 것을 상철지는 확실히 심어주고 싶었다.

이유는 단 하나였다.

'남궁묵철의 근처도 가기 전에 들켜 버리고 말 것이다. 그러니 일단 병력을 움직여 정육과 그놈들을 죽여 버린 후 조심스럽게 무림맹에 잠입해서 남궁세가 쪽에서 소란이라도 떨어주고 오면 되겠지.'

상철지는 애당초 남궁세가의 가주를 암살할 생각이 없었던 것이다.

오로지 지금 자신의 목표는 정육과 중원상단의 인물들뿐이었다.

그것을 위해서 상철지는 지금 남궁세가를 이용하고, 이 미묘한 명교와 황충모의 상황까지도 이용하고 있는 것이다.

실로 대담한 노림수.

황충모는 이런 상철지의 생각을 전혀 눈치채지 못하고 자신의 생각을 이어나갔다.

'음. 어차피 암살에 성공하면 좋은 일이겠지만 성공하지 못해도 명교가 남궁세가를 침입했다는 흔적이 남게 된다면 추후 협상을 하더라도 남궁세가에서는 명교와의 협상에 순순히 응하지는 않겠지.'

황충모는 거기까지 생각이 미치자 천천히 고개를 끄덕거

리며 말했다.

"자네 그럼 확실히 우리의 흔적을 남가지 않을 자신이 있겠는가?"

승낙이나 다름없는 소리가 황충모의 입에서 흘러나왔고, 상철지는 속으로 쾌재를 부르며 승상에게 포권하며 말했다.

"그러하옵니다, 승상."

"그래, 알겠네. 그럼 자네만 믿겠네. 그리고 만약 이 계획이 성공한다면 내 자네를 크게 중용할 수 있도록 힘써줌세. 내 말 무슨 뜻인지 알겠나?"

"감사합니다, 승상."

척하면 착이었다. 상철지가 알아듣지 못할 이유가 없었다.

상철지와 황충모의 이야기가 끝난 후,

황충모의 장원에서는 정체를 숨긴 열 명의 무사가 조용히 어디론가 빠져나갔다.

그들의 목적은 하나였지만, 그들을 이끌고 있는 사람의 목적은 둘이었다.

그 두 개의 목적을 이루기 위한 포석.

그렇게 그들은 상철지의 목적을 이루기 위해서 중원상단의 뒤를 쫓아 매섭게 달려갔다.

―이원생

덜컹덜컹!

"도대체 무슨 짓을 하셨기에……?"

"알 것 없다."

나와 정육은 중원상단의 마차에 몸을 맡기고 이동하고 있는 중이었다.

녀석은 객잔에서 쉬는 것으로 부족했는지 중원상단과 합류하기로 한 그날 아침까지 계속 회복을 못하고 끙끙대며 누워 있었다.

계속해서 시간을 잡아먹을 수는 없었기에 나는 정육을 업고 중원상단과 합류하였고, 이놈을 마차에 쑤셔 넣고는 출발하였다.

그리고는 녀석은 삼 일 정도 누워 있다가 간신히 일어나서 나에게 질문하였다.

이런 예의범절은 눈을 씻고 찾아봐도 없는 아름다운 놈 같으니라고.

고맙다는 말을 해도 부족한데 이런 질문 따위나 하고 말이야.

나는 그저 무심하게 간단히 대답해 버렸다.

그러자 녀석은 내 대답이 성에 차지 않는지 고개를 돌려 마차를 끌고 있는 늑대들을 쳐다보며 다시 물었다.

"저건 또 무엇이오?"

"늑대지."

"늑대인 것을 누가 모르오. 한데 왜 마차를 저들이 끌고 있는 것이오?"

"그걸 왜 나에게 물어봐. 늑대에게 물어봐야지."

내가 대답해도 참 성의 없기는 하다.

정육은 내 성의 없는 대답에 말문을 닫아버리고 조용히 운기조식을 하며 기운을 돌렸다.

녀석, 잘 선택했다.

그나저나 이 늑대들이 힘이 좋기는 하네.

삼 일 정도 지났는데 무림맹이 얼추 보이는 곳까지 들어왔으니 말이야.

중원상단도 부상자가 많아서 강행군을 하지 못했는데 쉬엄쉬엄 와도 이 정도 거리까지 왔으니 늑대들의 힘이 말보다는 좋다는 것이다.

더군다나 마차를 끌면서도 지친 기색이 별로 없으니 말이야.

나는 멍하니 마차에 앉아서 휙휙 지나가는 주변 풍경을 눈에 담고 있었다.

겨울이라서 그런지 별로 볼 것은 없지만, 그래도 모처럼 만의 나들이인데 즐겨야 하지 않겠는가.

한데 춥기는 춥군.

몸을 움츠리고는 마차 문을 닫고 안으로 들어왔다.

안으로 들어오니 정육이 놈이 가부좌를 틀고 앉아서 조용히 운기를 하는 것이 눈에 들어왔다.

호흡을 하는 법과 운기를 하는 것을 보니 이제 몸은 거의 완쾌되었나 보다.

사흘을 누워 있었는데 회복이 안 됐다면 그것도 말이 안 되긴 하지만, 그래도 다른 비슷한 연배의 강호인보다는 체력이 좋기는 하군.

많은 눈이 쌓인 곳에서 걷는 것은 깊은 물속을 걷는 것과 같은 체력 소모가 있다.

한데 내가 걷는 속도가 원체 빠른 편이어서 내 뒤를 쫓아오느라 무척이나 힘들었을 것이다.

한데 그것을 꾹꾹 참고 쓰러질 때까지 걸었으니 몸이 축날 수밖에. 쯧쯧.

나는 혀를 차면서 마차 안에 놓인 화로 안에 장작을 집어넣었다.

타닥타닥.

불이 나무에 붙는 소리가 정감 있게 느껴지고, 그 온기가 마차 안을 훈훈하게 데울 무렵 사방을 가득 메운 처절한 외침이 들려왔다.

"야이! 도둑놈들아! 내 늑대를 돌려다오!"

상단의 마차는 그 외침에 멈췄고, 정육이 놈은 그 목소리에 눈을 뜨더니 자신의 창을 조립하는 것이 아닌가.

그래도 외침에 공력이 담겨져 있다는 것을 알아채는 것을 보니 내공도 회복한 모양이군.

끼릭, 끼리릭!

정육은 익숙한 솜씨로 창을 끼우더니 나에게 말하였다.

"여기서 있으시오. 이번엔 내가 처리하겠소."

뭐라고 하겠는가. 저렇게 나서겠다고 하니 잠자코 있어주어야지.

나는 화로에 불을 쬐면서 손을 흔들어주었다.

"응, 다녀와."

"…제발 어울리는 짓 좀 하시오."

녀석은 나의 이런 모습에 이마를 짚어 보이고는 밖으로 나갔다.

덜커덩!

마차 문이 열리고 정육은 보무도 당당하게 밖으로 나섰다.

물론 잠자코 있으라고 했지만 정육의 실력이 궁금하기도 해서 나도 뒤따라 마차 밖으로 모습을 드러내었다.

내가 속한 마차는 중원상단의 두 번째 열.

즉, 앞을 가로막은 괴인들을 마주하는 마차였던 것이다.

밖으로 나오니 마차를 가로막은 익숙한 산적 두목 같은 얼굴이 모습을 보였고, 그 뒤로 열 명의 검은 복면을 쓴 인물이 보였다.

오호라, 이제 지원을 부른 건가? 한데 저놈이 내가 던진 눈덩이를 맞고 살아 있네? 하긴 죽일 마음으로 던진 건 아니었으니.

내 모습이 보이자 그 산적 두목같이 보이는 놈이 나에게 삿대질을 하며 목에 핏대를 세우고 외쳤다.

"야! 이 천하에 더러운 놈아! 감히 훔쳐갈 게 없어서 내 늑대를 훔쳐 가느냐!"

내가 개장수도 아니고 저 늑대들을 왜 훔쳐?

나는 아무런 말도 하지 않고 그저 마부석에 앉아서 사태를 관망하고 있었다.

그러자 정육이 마차에 내려서서 나를 올려다보며 물었다.

"정말 훔친 것이오?"

뭐냐, 저 눈빛은? 날 의심하는 거야?

날 쳐다보는 정육의 눈빛이 예사롭지 않았다. 마치 범죄자를 쳐다보는 눈빛이 아닌가!

난 녀석에게 심드렁한 목소리로 말했다.

"정말 저놈 말을 믿냐?"

"믿는 것은 아니나 포두님의 성격을 보면 충분히 그럴 수 있을 것 같아서 그러오."

"너 이번 일이 잘 풀려서 운씨 자매가 포관으로 오면… 돈 필요하지?"

"……."

"확 감봉시켜 버린다?"

"……."

의심할 것을 해야지. 먹을 것도 아닌데 개를 왜 훔치겠는가.

나와 정육의 대화 중에 산적 두목같이 생긴 놈이 기운을 끌어올리는 것이 보였다.

그것을 정육도 느꼈는지 살짝 한숨을 내쉬고 창을 들었다.

그리고 그 모습을 바라보던 화정 소저가 자신이 탄 마차에서 내려 나에게 와서 물었다.

"괜찮은 건가요, 저 소협?"

"보면 알겠죠."

정 급하면 내가 구해면 되니 말이다.

나는 편하게 마음먹고 마부석에 척하니 기대어 싸움 구경을 하였다.

주변에 습격을 할 만한 사람들이 느껴지지 않으니 앞에 서 있는 저들이 전부일 것이다.

그러자 나의 이런 모습이 마음에 들었는지 산적 두목같이 생긴 놈이 기분 좋게 웃으며 외치는 것이 아닌가.

"하하하하! 하늘이 날 도와주시는구나! 창을 든 네놈도 여기 있다니!"

음? 무슨 말이지? 창을 든 네놈? 정육을 지칭하는 건가?

나의 궁금증은 오래가지 않았다.

산적 두목같이 생긴 놈 뒤에 서 있던 검은 복면인 중 한 명이 걸어나와 복면을 벗으면서 말을 걸었기 때문이다.

저벅저벅!

"오랜만이구나, 육아."

남자의 말처럼 오랜만에 만난 반가움이 전혀 느껴지지는 않았지만 정육이 놈은 굳어 있었다.

아는 사람인가?

생김새는 현청에서 근무하는 서기관같이 족제비 상인데 말하는 투는 예전에 정육이 모시던 사람 같은 말투이고.

흠. 정육이 녀석 반응을 볼 때 결코 좋은 인연은 아닌 것 같은데 말이야.

내가 곰곰이 이 상황에 대해서 생각하고 있을 때 정육의 입에서 분기에 가득 찬 외침이 터져 나왔다.

세상 떠나갈 듯이, 그리고 듣고 있는 주변 사람들조차 기가 질릴 목소리로 말이다.

"상.철.지! 네 이노오오옴!"

윽! 시끄러워라. 그나저나 상철지라고 했나? 그럼 저놈이 정육이 사부였던 그놈이야?

이것 참, 이야기가 재미있게 돌아가는 것 같다.

도무지 이 세상은 한 치 앞의 일도 예상이 불가능하다니까.

나는 정육의 외침에 상철지라는 사람이 어떻게 반응하는 지 기대감에 부풀어 있었다.

이윽고 상철지의 입이 열렸고, 그 말은 정육의 이성을 마비 시킬 정도로 녀석을 분노케 만들었다.

"후후, 왜 그러느냐? 혹시 운씨 자매에게 무슨 일이라도 생 겼느냐?"

"그 추악한 입으로 아가씨를 입에 담지 말라!"

"하하하, 네가 말한 이 추악한 입으로 그 자매의 속살까지 탐했던 나다! 내 손길이 닿을 때마다 좋아서 죽더구나! 하하 하하!"

이 말을 듣고 정육이 가만히 있겠는가?

그 녀석은 살기등등한 기운을 내뿜으면서 창을 뽑아 들었 고, 마찬가지로 상철지라는 그 사람도 창을 빼어 들어 기수식 을 취했다.

극한의 긴장감이 주변 공기를 팽팽하게 자극시켰고,

정육과 상철지가 무슨 관계인지는 모르겠지만, 주변 사람 들도 덩달아 같이 조용히 침묵하며 둘의 결투를 옹호해 주는 분위기로 치달았다.

쉬이잉!

겨울의 한파가 사늘하게 다가오는 어느 한적한 곳.

그곳에서 버림받은 제자와 공명심에 눈멀어 제자를 버린 사부의 결투가 시작되려고 하고 있었다.

사락.

서로에게 겨눈 창끝에 눈송이가 걸렸고, 하늘에서 내린 눈이 바닥에 닿기도 전에 둘은 누가 먼저랄 것도 없이 창을 움직였다.

찰칵! 스창!

"오거라! 내가 알려준 무공이 얼마나 성과가 있나 보자꾸나!"

"네놈이 알려준 무공에 머리가 뚫리면 알게 되겠지! 차앗!"

정육의 선공으로 시작된 둘의 생사결!

과연 누가 이길 것인가?

『이포두』 7권에 계속…

수선경

허담 新무협 판타지 소설
FANTASTIC ORIENTAL HEROES

작은 샘이 바다로 모여들 듯,
만류의 법이 하나로 회귀하듯,
다섯 개의 동경이 드디어 하나로 모인다.

검을 만드는 사람과
검을 쓰는 사람,
그리고 검을 버리는 사람의 이야기!

천명을 타고 태어난 **청풍**과 **강검산**
그리고 혈로를 걸어온 살수 **타유**,
그들이 다섯 줄기의 피의 숙명과 마주한다.

Book Publishing CHUNGEORAM

유행이 아닌 자유추구 -
WWW.chungeoram.com

마 in 화산

FANTASTIC ORIENTAL HEROES

용훈 新무협 판타지 소설

무림공적, 천살마군 염세악!
검신 한호에게 잡혀 화산에 갇힌 지 백 년.

와신상담… 절치부심… 복수무한…

세월은 이 모든 것을 잊게 하고
세상마저 그를 잊게 만들었다.
하지만.

"허면 어르신 함자가 어찌 되시는지……"
우연한 만남, 자신도 모르게 튀어나온 원수의 이름.
"그게… 한, 한호일세."

허무함의 끝에서 예기치 않게 꼬인 행로.
화산파 안[in]의 절세마인, 염세악의 선택!

Book Publishing CHUNGEORAM

요람 新무협 판타지 소설 · FANTASTIC ORIENTAL HEROES

국내 최대 장르문학 사이트를 휩쓴 화제작!
여름의 더위를 깨뜨리려 차가운 북방에서 그가 온다.

『귀환병사』

열다섯 나이에 북방으로 끌려갔던 사내, 진무린
십오 년의 징집을 마치고 돌아오다.

하지만 그를 기다린 것은 고아가 된 두 여동생, 어머니의 편지였다.
그리고 주어진 기연, 삼룬공······

"잃어버린 행복을 내 손으로 되찾겠다!"

진무린의 손에 들린 창이 다시금 활개친다.
그의 삶은 **뜨거운 투쟁**이다!

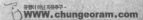

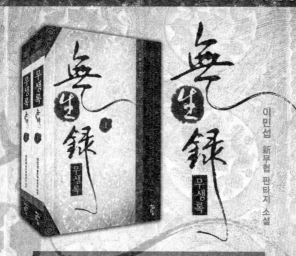

FUSION FANTASTIC STORY
천성민 장편 소설

짐승의 규칙

『무결도왕』『다크로드 블리츠』
천성민 작가의 신간!

짐승의 규칙

살아야만 했다.
나를 위해 희생당한 부모님을 위해,
복수를 위해.

죽여야만 했다.
내가 살기 위해 타인의 목숨을.

그렇게……
나는 짐승이 되었다.